小説集

雲を摑む

藤原伸久
Fujiwara Nobuhisa

風媒社

『雲を摑む』目次

雲を摑む

シャリシャリとゴム草履が鳴いた。草履が鳴くのか地面の小石が鳴くのかそれは分からない。どうだっていいことだ。

顔にポツリと冷たい物が当たる。空を見上げたらまばらな雨粒が明度を失った空から落ちて来る。傘は持っていない。かといって濡れる覚悟もない。とりあえず左手を額の斜め上にかざし、歩くスピードを少し上げて、観光客の間をすり抜けて社務所の売店に急いだ。いつものことながら、狭い参道で記念写真を撮るカップルやらファミリーやらがうざったい。とにかく邪魔だ。一定の歩速が維持できないとかなりイラつく。別に急いでいる訳ではないのだが、イラつく。トイレに用を足しに行ったら誰かが先に入っていた時のあんな感じでイラつく。写真のシャッターなど頼まれたら最悪だ。見も知らぬ人間の、それものほほんと幸福そうな一瞬を切り取らされるなんてホントクソ喰らえだ。

三日前に「お願いできませんか」と高校生にしか見えない二人連れに言われた時は正直焦っ

た。嫌気を通り越して焦りで冷や汗が出た。女はわりかし美人の部類に入る顔立ちだったが、異性というものに全く興味が無いから、ひたすら面倒くさかった。とにかく人とかかわるのが億劫《おっくう》なのだ。どれ位億劫なのかというと、話しかけられた時、たとえ単純な会話であっても返事をする言葉そのものが想像できない程億劫なのだ。それは怠惰というよりは恐怖に近い。

だからその日も、あっと言って反動でスマホを受け取ってしまった時は体が硬いモチのように固まったのだ。冷や汗が出てどうしようもなかったが、なんとか二人を画面に収め震える指でシャッターを押した。クシャッという音も嫌いだ。一瞬を刻印する音。耳をふさぎたくなる。

何も言わずにスマホを返す。女が画面を覗き込み、「ありがとう」と頭を下げた。ありがとうございますだろ、敬語使えよと胸の内で文句を言い、さっさと背を向けてその場を後にしたのだった。

さっき、さざれ石の前で似たようなカップルを見たので急に思い出しただけだ。

とにかく、社務所に急いだ。雨がひどくならないうちに、今日の日課を果たさねば――。

シャリシャリ、ザカザカと草履が、いや玉砂利がうるさい。さっきの女の、ありがとうが頭の空漠にピンポン玉みたいに反響する。ああ、なんで世の中、男と女がお決まりのようにくっつくのだろう。

——やめよう。面倒くせえ。ホンット面倒くさい。

チラッと海に目をやる。鈍色の空を果てしなく湛えた一八〇度の、心落ちつかぬどんよりの展望だ。凪はチクとも動かぬ生暖かい昼さがりのベベタな凪《なぎ》の海だ。

二十一の秋、この歳になるまで海なんてさほど見たことがなかった。見ようなどと思ったこともなかった。それがどうだ。社会の枠から見事にはみ出した瞬間、毎日毎日海が攻めてくるのだ。体の外からではない。内側から、ぐうとも言わさぬ勢いでジワジワと溢れて来てその支配が全身に及びそうになる。内側からだ!!特に、こんな雨の直前はたまらなく嫌だ。空も海も重たすぎる——。

社務所へ急ぐ。正確に言うと、社務所の左隣にある真っ赤なおみくじの自販機に、だ。

——半月程前のことだった。この土地に一人で引っ越して来た日、何を思ったのか自分でも今だに良く分からないのだが、フラフラとこの神社にやって来て、本当にフラフラと夫婦岩前の本殿に参拝し、といっても神様にお願いすることなど何ひとつ無いのだが、何故か社務所の売店の横にある、自動おみくじ販売機に百円入れてしまったのだ。

ガコンと音がして、いや、普通ならコトンだろうが、ガコンといやに大きな音がして、あろうことかおみくじが五枚いっぺんに落ちてきたのだ。

心の中は、突然の「へっ?」で一杯だった。ジュース五本なら「!!」一回で済まされそうだが、さすがに「!!」とはならなかった。

ボーゼンと立ち尽くしたが、エイ、ままよ、とその中の一つを取り出して開けてみた。大凶だった。「へっ?」はひたぶるに沈黙し、全身の動きは瞬時に停止した。すかさず右手が素早く動き二枚目を取り出し口からむしり取る。再び大凶。震える指先で三枚目を摑み出す。凶。怒りに近い衝撃が柔らかに思考をマヒさせ始める。もう止まらない。四つ目をむさぼり開く。またまた大凶。祈るようなヤケッパチさで五枚目を取り、ブチ破る勢いで包みを解いた。

――凶…。

凶の文字に目が釘づけになる。何なんだこれ、と思考停止の脳ミソでかろうじて考え、最後、五枚目のおみくじにじっと目を落とす。

　吹きすさぶ　冬の嵐に耐へてこそ　春の桜はめでたかりけれ

そんな歌が書いてあり、その横に、

待ち人来たるが、思わぬ災禍あり。災い転じて福とならん。真《しん》は神《しん》、はたまた信《しん》なるか。

このみくじを引ける者、凶は狂ならず。凶は強と心得るべし。


と、細かい字で記されていた。

——一分か、あるいは三分ぐらいだろうか。冷や汗にまみれて佇みくじを読んでいたらしい。人の気配にハッと顔を上げると、うしろに二人の観光客が並んでいる。焦った。

——売店の巫女と目が合う。数秒間じっとこっちを見ていたが、いきなりニヘッと笑ったのだ！それは笑うというよりも、唇の両端がわずかに釣り上がった不敵な表情に見えた。

さすがにギョッとし、五メートル四方が異空間になったような気がした。

おみくじを握ったままあとじさりし、観光客と体がぶつかるのも無視して走って逃げた。そう思っただけかもしれない。実はその場のことはあまり覚えていないのだ。

帰る途中でおみくじは捨てた。くじは、参道の手すりの向こうの海面にピラピラと落ちて、何とも情けない姿で浮かんでいるのだった。

ところが、部屋に帰って着替える時、ズボンのポケットに手をやると何か入っているのだ。ガサゴソと音を立てて出てきたのは最後に読んだ凶のくじだった。どうやら他の四枚は左手で握りしめ、そいつだけ慌ててポケットに突っ込んだらしい。

くじを見つめながらゴミ箱にブチ込もうと思ったが、よくよく考えたら、この一枚だけ最後まできちんと読んで、あと四つは、大凶や凶の判定のところしか見ていなかったのを思い出した。

信心深い身の上では絶対ないが、どういう訳か、こいつは机のひき出しの奥にしまっておこうと、本当になぜか分からないけれどそう思ったのだった。

さすがに、その晩の寝つきは最悪だった。あっちへゴロゴロ、こっちへゴロゴロと寝がえりを打っている間に夜が明けた。窓の外を見ると蕭々《しょうしょう》と小雨が降っている。小暗い空をじいっと眺めていたら、くじのことがどうにも気になってしょうがない。時計にチラと目をやると七時十分前だった。もう十月のなかばで日の出もかなり遅くなったので、曇っていることもあって辺りは薄暗い。

やっかいなもので、どうしょうもないと思い始めるとそれがどんどん着膨れのように膨らんでいって止められないのだ。

結局、傘をさして出かけた。無論、あの自販機の所へ、だ。

さすがに早朝なので人通りは少なかった。まだ社務所も売店も閉まっている。自販機の前にカエルのでかい置き物があって、その目玉の所に紅葉したもみじの落ち葉が一枚へばりついている。

百円玉を入れる。今度は、カタンと軽快な音がして長方形のくじが落ちてきた。おそるおそる開けてみると、末吉だった。ハァァと小さく息が漏れた。ああ、馬鹿みてえだと思いながらも、溜め息をつく自分が無性にいとおしく思えるのだった。

それからだ。毎日毎日日課のようにそこにおみくじを引きに行くようになったのは。まるで競馬かパチンコにのめり込む依存症患者みたいに、夕暮れ前になるといそいそと神社に出かけて行ってはは自販機でくじを引いた。五枚いっぺんに出たのはあの最初の一回きりで、それ以後一度もそんなことは起きなかった。何かとてつもなくおぞましいワナに掛かった気分だった。馬鹿みたいだと思ってはいても、感情は理性を打ちまかすのであった。

あの日からすでに二週間以上が過ぎ去っていた。

——ようやく社務所前までたどり着いた。初めの頃はまわりを見ながら百円玉を入れていたが、今ではそんなことはしない。お参りすらせず、いきなり硬貨を一枚、ガチャリと放り込む。トンと紙切れが落下する。そいつを左手で摑み出し、来た道をとって返しながら読むのだ。まず、すぐくじの吉凶のところに目がいく。その日のくじは凶だった。しかし、もはや半月の間に何回も引いているので何ら衝撃は走らない。ああ、また出たな、ぐらいである。慣れとは恐ろしいものだ。

ひょいとくじをズボンのうしろポケットに入れて歩き出す。

玉砂利が草履の裏でうるさく鳴いている。さざれ石の前まで来たとき、もう一度くじを見ようとしてポケットに手を伸ばした。

ない。無いのだ。くじがきれいさっぱり無くなっている。その時だった。

「落としたぞ」

高い声が背中の方から聞こえた。男のような声だが、異様にカン高い声に呼び止められた。

振り向くと、巫女装束の若い女がおみくじを左手に持って立っていた。笑うでもなく、怒るでもなく、ひたぶる憮然とした表情で左手を差し出している。

「落とした」

表情をピクりとも変えずに女は言った。じいっと顔を見た。声と、いや、言い草と全然不釣り合いなので、数瞬自分の耳と目を疑ったのだ。

「凶やで」

巫女は口元だけで冷たく笑った。

「すみません」

頭を下げてくじを受け取った。受け取る時、掌《てのひら》と掌がすっとこすれたが、女の手にはほとんど体温が感じられなかった。

「毎日来とるやろ」

真っ直ぐ見つめられて少々たじろいだ。こういう会話のケースというものは想像すらしていなかったので恐怖を感じとる前に、果てしない空白が押し寄せて来た。

「あの…毎日はいけないですか」

タジタジのバカ問答だ。いけない訳がない。しかし、そう言わせる程の女の気を全身もろに感じて思わず口から出た。女は笑った。

「いかんとかそういう問題やないねん。お参りぐらいしてから引けや」

そうだ、コイツ、あの社務所の売店の巫女だ。頭の中に電光が閃くみたいに思い出した。しかし、何なんだ、この言葉使い。まるでメチャクチャだ。何とも可愛い顔なのに、その口から放たれる一言一句は強烈なアンバランスを直球で顔面に投げつけてくる。

繰り返して言うが、女にこれぽっちも興味はない。それはそれで別として、この女は人並みはずれて美人だと言えた。パッチリと大きい瞳、小さめの形のいい唇、光を纏《まと》った艶やかな長い髪——全く非の打ちどころの無い容姿からは予期できぬ口調の言葉が矢つぎ早に発せられた。

「何で毎日来るんや、オタクか」

さすがにムッとした。だが、どうにも言葉を投げ返せなかった。黙ったままでいると女が口を開いた。

「まあええけどさ。神様の気分そこねんなや。お前、ずっと前、おみくじ海に捨てたやろ」

ズバッと傷口をえぐられて、足が一歩退いていた。冷や汗が額を伝って落ちてきた。

「あそこな、お清めの水くむ所やぞ。あとで玉網ですくって片付けたんや。凶ばっかりやったけどな」

女は薄ら笑いを浮かべてじっと顔を見、それからパンパンと袴の裾を両手で払った。

「明日も来《く》んのか」

上目づかいにこっちを向いた。目が合った。女の瞳は子どものそれのように澄んでいた。よく見ると左の白目の部分に小さな星型のアザがある。それを見つけた途端、ベツレヘムの星！と心の中で脈絡なく叫んでいた。

「来んのか、明日も」

もう一度女は訊いた。気押され気味に、

「あ、ハイ」

と答えてしまった。自分を包んでいる殻、軟体動物のようにひ弱な皮膜が力づくで押し破られたと感じた。対処のしかたがまるで分からない。こんなのをパニックというのだろう。

「明日は売店で引きな。お参りしてからな」

と言い放って巫女はまたニヘッと笑い、くるりと背を向けた。それから社殿の方に歩いていったが、不意に振り返って、

「五時半までに来いや」

と、右手を挙げて言うのだった。

その後ろ姿はどんな女優にも負けないぐらいの爽《そう》とした美しさだった。ボケッと突っ立って女の消えていった方をしばらく眺めていたが、雨脚が強くなっているのに気づいた。西の空を見ると、雨が降っているのに空の一角が明るい。そこだけ陽が当たっているのだ。まるで取ってつけたようで気持ち悪かった。

部屋に帰ってから、夕飯もそこそこにずうーっと考え続けた。明日は売店で引きな、と人生初のなれなれしさで言われた。一体、どう解釈していいのか見当もつかなかった。単にあんな性格で、たまたま虫の居所が悪かったのかもしれない。しかし、そうだとしても、何であんな口調でいきなり話しかけてくるのか。考えれば考えるほど混乱は深まるばかりだった。その混

乱は、訳の分からない不安をどんどん広げていった。

悶々としているうちに朝になった。朝はたまらなくダルい。自慢じゃないがひどく鬱々とした気分になる。凶のくじを五枚も引いた翌日はさすがに早起きしたが、たいがいは十時過ぎまでダラダラと寝ている。起きられないのだからしょうがない。まあ、別に働いている訳でもないし、学校に行くこともないので生活には何の支障もない。

昼飯はたいがいバタートーストとキャベツのサラダ（といっても葉っぱにミネラル塩をかけるだけだが）で過ごす。それから、バナナを一本。これはウツ病には野菜やバナナに含まれるトリプトファンが効くと、親がかたくなに信じて、それを毎週毎週送ってくるからである。食べずに放っておくとあっという間に冷蔵庫が一杯になってしまうので、仕方なく毎日ちょこっとずつ食べる。食べるというよりも消費するという方が的を射ているかもしれない。親が心配して送ってくれるものをやめてくれとは言えないし、多少困っている。まあ、自分はウツなんかじゃないと思っているので、ビタミン補給と称して毎日昼と夜に食べている。

昼間はパソコンをいじりながらボーと過ごし、夕方三十分程散歩する。散歩のルートは人気の少なくなった海岸通りで、最後に夫婦岩のある神社まで行っておみくじを引く。無論、誰ともしゃべらないし、挨拶なんかしない。誰かと話そうものなら気分は最低だ。人と話すなんて糞くらえだ――。

去年、名古屋の大学をやめた。それまでは何とか、フツーの大人しい学生をやっていたのだ。それが突然人前に出られなくなってしまったのだ。――理由は、…ある。あるけれど、思い出したくもない。

――夜のけだるさをズルズルと引きずりながら昼前に起きてバナナを一本だけ食べた。頭の中はあの巫女のことでパンパンだった。人の生活の中にズケズケと土足で上がり込んできたアイツ。美貌とまるでうらはらな言葉づかいをする女。考えれば考える程不可解だ。考えたくないのに、打ち消そうとするとかえってそのことが頭の中にこびりついて膨らんでくる。膨らみ切って破裂した途端、今度は別のところで芽を吹く。そして再びムクムクと大きくなるのだ。振りほどこうとしても、そうすればする程うっとうしさは増す一方だ。何なんだ、何なんだ、なんなのだ一体！　イラついてテーブルの脚を蹴っとばしたら、右脚の親指の爪が割れた。靴下の先っちょが血で赤くなっている。くそっ、と思ったけれど、痛みのせいで少しだけ落ちついた。

「今日も行ってやらあ」

窓の外を睨みつけて空に向かって毒づいた。

——とうに昨日の雨は上がっていて、ガランとしただだっ広い空に、大きな積雲がひとつだけポンと浮かんでいるのが見えた。その日の空はむやみに深くて、気持ち悪いぐらい青かった。とりあえず、右足の親指に絆創膏を貼ったのだった。

——出かけたのは、まだ陽も高い三時だった。金曜日だったけれど、平日にしてはわりかし観光客が多かった。多かったけれど、年寄りがほとんどだったので、カメラのシャッターを頼まれることもなく、三時半には社務所の前にたどりついた。横目でチラッと売店を見ると、くだんの巫女の姿はなかった。

「何じゃい、休みかい」

とぶつくさつぶやきながら、そそくさと本殿の方に歩を進めたのだった。何のかのと考えながらも、今日は本殿にお参りすることにしたのだった。何だか少し癪にさわったけれど、まあ、それが筋だと思えたからだ。サイフから五百円玉を出して準備をする。百円ではいかにも安っぽいと考えたからだった。

本殿の前には大き目の賽銭箱がデンと置かれていた。まず賽銭を放り込み、シャンシャンと鈴を鳴らす。柏手を二度打ち二礼する。順番が逆だったかな——と頭の中でぐるぐる思い出しながらもう一度一礼する。

頭を上げた時、ふと目に入ったものがあった。あの巫女の姿だった。ハッと左の方を見ると、例の巫女がゆっくりとこっちに歩いて来るのが見えたのだ。手には鈴を持っている。鈴は金色でピカピカだ。巫女は三人であったが、その先頭をしずしずと歩いて来る。どこへ行くのだろうと視線をそっちに集中していると、本殿の左側にある祭殿に向かっているようだった。五メートル以上離れていたが、女が顔を上げ、数瞬の間目が合った。その刹那、巫女はこちを見つめ、いく分表情を崩したように見えた。しかし、それはほんの一瞬だった。彼女はすぐにまなざしをひきしめ、キリッとした顔で祭殿に入って行った。先日のあの傍若無人な言動の名残りは微塵も感じられはしなかった。

女は参拝客に深々と一礼すると祭殿に上がっていった。あと二人の巫女もそれに続いた。やがて太鼓が打ち鳴らされ、シャンシャンと鈴の音が響いてきた。舞いを始めたらしい。観光客の体を掻き分け、すき間から覗き見したら、女の体の一部、足の先だけが見えた。

鈴の音に合わせて、ズイッ、ズイッとつま先が板間の上を滑ってゆくのが見えた。それは、あまりにもきっちりとした動作であり、暴言としか思えないような昨日の言い草とは似ても似つかなかった。

顔は見えなかったが、顔も同じようにキリッと引きしまっているであろうことは安易に想像できた。その美しさを思い浮かべると、理解不能なおののきが電流みたいに体中に走るのが分かった。男とか女とかいうものを超越した得体の知れぬ美しさの感覚が脳の内をかけ回る。必死に顔を見ようとしたがとうとうその表情を目にすることはできなかった。腹の底から二十年分のため息をついた。ハアァーと、それは永すぎる程永かった――。

気持ち悪い程の蒼く深い空を見上げながら、初めてゆっくりと神社の境内を散策した。すると、次から次に、今まで気づかなかったものを発見することができたのだった。

その一つは本殿のすぐ横の小滝だった。本殿の向かい側は海であったが、向かって左側に五メートル位の滝があり、白糸のような流れをくっきりと見せていた。海のすぐそばに滝とはなかなか信じられないが、人造のものでもなく、まぎれもない自然の流水であった。滝の巾は四十センチもなく、雨がなければ多分干上がってしまうのだろうと思われた。しかし、滝の案内板には「一年中干上がらない白糸の滝」と書かれていた。注意して見ていなければ見落としてしまいそうな水の流れも、この日は興味を持って見ることができた。白糸の滝とはちょっと大げさだが、なるほど糸を引くみたいなか細い白さがけなげであった。

もう一つはカエルの置き物である。それ自体は前々から知っていたが、よくよく眺めると、でかい親ガエルの背中に、小さい子ガエルが三匹も載っていて、それがピラミッドのミニチュアのようで見れば見る程ユーモラスであった。

こういうことに気づいたのも、時間《とき》の余裕のなせるワザで、くじを引いてそそくさと逃げかえる日常からは想像もつかないことであった。

まあ、何はともあれ、今日はあの巫女からおみくじを買うことが第一のミッションであったので、女が社務所の売店に戻るまで、三十分以上そこいら辺をうろうろし、四時十分過ぎに売店に行った。すると——居た。何だかにこやかに御守り袋を先客に売っている最中だった。その様子をしばらくじっと見守っていたが、客がいなくなったのを見はからって、恐る恐る売店の前に立ち、女の顔をちらと見ながら、わざとふてくされたように、

「おみくじ」

と、ボソッと言った。

女は顔を上げ、二、三秒じっとこっちを見ていたが、急速に表情を崩して、満面の笑みを浮かべた。それから手際良く八角形の筒を差し出し、

「ここからお引き下さい」

と、聞いたこともないような優しい声で言った。背中に戦慄めいた違和感が端開いた。

蛇に睨まれた蛙だ。女から目が反らせなかった。おののいているのにこのありさまだ。女の

瞳は深々と碧い。その澄みようは異様なほどで、並の美しさではなかった。

筒を受け取り、さんざん振り倒し、上下をひっくり返すと、一本の棒が出てきた。端っこが平らに削ってあって、そこに、第六十三番と書いてある。

「六十三番ですね」

そうつぶやきながら、女はうしろの棚に手を伸ばし、第六十三番と書かれたくじを手渡したのであった。それを受け取り、すぐに女に背を向け立ち去ろうとした。何だか気味悪かったからだ。すると、背後から、

「礼ぐらい言えや」

と、低い声が聞こえた。ギョッとして振り返ったら、顔は笑ったままで女が視線をぶつけているのが目に入った。

「ありがとうやろ」

にこやかさの中に強烈すぎる程の冷たさを含んだ言葉だった。

「ありがとう」

必死でそれだけ返した。すると、女の顔からいきなり冷たさが消滅したのだ。

「ありがとうございました」

女はすっとお辞儀をし、目を伏せた。ドキッとした。自分の中にもまだ男の部分がほんの少しは残っているんじゃないかと思ったが、ものの数秒で心はサラ地に戻っていた。

「それ、凶やで」

言われて顔を上げた時、目が合った。鏡の中の自分の瞳さえ見たことがなかったのに、他人の瞳を覗き込んでいる自分に気づいた。

二、三歩あとじさり、今度こそこの場を去ろうと歩きかけると、再び女が言い放った。

「明日な」

子どもが遊ぶ約束をしているような口調だった。何が何だか分からなかったが、何故か悪意とか底意は感じなかった。でも、無視した。無視することしかできなかった。そんな時にどうすれば良いのかなんて考えたこともなかったからだ。

そのまま、スタスタ、いやぎこちなく足早に歩きながらくじを開いた。やはり凶だった。

ぬばたまの闇のうつつは定かなる夢にいくらもまさらざりけり

夢も現実もひたぶるにはかなし。はかなきゆえに引き立つものなり。ものの善し悪しは人が決めたものなり。思い強き者を神は助ける。深く信心せよ。

言葉の意味はサッパリ分からなかったが、凶という文字はさほど気にならなかった。逆に、あの巫女のとんでもなく澄んだ瞳がいつまでも頭の中に焼きついて離れなかった。

――その日のおみくじは、部屋に帰って机の引き出しの奥にしまった。引き出しの中のおみくじは二つになったのだった。

上弦の月が西の山の端にかかろうとしていた。煌々《こうこう》と蒼い月光がしとやかに屋根瓦を濡らしている。鋭いでもなく淡いでもないゆるゆるとした光であった。

一年前にこんな月光を見たことがある。名古屋の大学に通っていた頃、同じ学部の江利子に好きだと告白された時だ。

江利子はモデルのようにスタイルも顔も抜群の女だった。ショートカットの髪が、そのスラリとした容姿にピタッとはまっていて、男子学生の憧れの的でもあった。お洒落のセンスも良く、ひときわ目立った存在だった。

その江利子に、好きだと言われたのだ。

「ハア…」

第一声に返した言葉がそれだったので、彼女はひどく気抜けしてしまったらしく、

「キライ?」

と、真っすぐに瞳を見つめて問い返した。確か学生食堂の片隅だったと思う。たくさんの学生のざわめきが耳の中でごちゃごちゃと反響していたが、江利子の「キライ?」という、妙に感情を押し殺した声が、いつまでも耳の奥にねばりついた。

「ハァ…」

再び言うと、彼女の目はかすかに苛立ちを見せたが、仕草としてはいたって上品にアイスコーヒーをストローで吸い、

「スグロ君ののほほんとしたとこが好きなのよ。それ、誰にもマネできないよ」

と笑った。

別に好きでノホホンとしている訳じゃなかった。全ての物に興味を持てないからそうせざるを得ないのに、そういうふうにストレートに物言われて随分とまどった。何にも答えられずに黙っていたら、

「言うだけは言ったから——」

と意味あり気に席を立ち、

「三講時目、音声言語だよ」

と、時計に目をやりながらささやくのだった。

江利子はくるりと背を向け、鮮やかな歩みでドアの外に出て行った。

生まれて初めての事件だった。嬉しくないことはなかったが、それよりもどうして良いのか百パーセント、いや、それ以上に分からなかった。なぜなら、女性に興味を持ったことが一度もなかったからだ。

中学生時代や高校時代、クラスメートや友人が、あの娘《こ》が可愛いとか、どの娘の性格が良いとか、やあやあ言っているのを何度も聞いていたが、どうしてだろうといつも思っていた。女性を見てときめくという感覚がさっぱり理解できなかったからだ。無論、男性を見てドキドキするということも一切なかった。だから異性を好きになるという、単純でしごく明快な世間的な当たり前は、自分の世界感の中にひとかけらも存在しなかったのである。ただし、世の中の偉人、エジソンとかアインシュタインとか、本田宗一郎とか、そういった人の生き方には性別を問わず非常に分かりやすく心躍ったことは確かだった。

だから、超一級の美人に、面と向かって告白されても、からきしピンとこないのであった。

しかし、こんなものなのかなァと思い込み、確とした返事もせずダラダラと間をもたせたことが、その次の決定的な不快な出来事を招く原因になったのである。そう、思い出したくもない、クソのような出来事を――。

そうだ、その晩、ぐるぐる廻《めぐ》りの思考をとりとめもなく頭の中で繰り返しながら、部屋に帰る道すがら、ひょいと見上げたら、今日と同じような月が西の空にぶら下がっていたのだ――。

翌日の夕方も、昨日と同じように神社に出向いた。日ましに日没の時間が刻々と早まっているらしく、西陽が赤々と、ベタ凪の海をそっくり染め上げている。波は全くなく、それこそ油を流したみたいな水面がゆるやかにうねり、晩秋の暮れ方の光范をあたり一面に投げかけていた。その光はいつもよりはるかに澄明に見えた。

――売店に、あの巫女はいなかった。かわりに少々太目の若い女が座っていた。

「いつもの人はどうかしたんですか」

自分でも驚いてしまったが、すんなり口をついて言葉が出た時は、そのすぐ後でとまどいを感じてしまった。

巫女は怪訝《けげん》そうにじっとこちらを見つめていたが、すぐに、ああ、小鈴さん、とつぶやくように言って表情を崩した。

「今日はお休みです。何か伝えますか?」

そう笑いかけられて、色々かんぐられるのも嫌だったので、さっさとくじを引いてその場を立ち去った。すっぽかしを喰ったみたいで損をしたような気分になった。

しかし、名前だけは分かった。小鈴、コスズだ。とんでもねえ名だと心底思った。

何がコスズだ。ちゃんちゃらおかしいと鼻で笑いながら、入り口の鳥居の所で真っ赤な入り陽をボーッと眺めていたら、ポンと肩を叩かれた。びっくりして振り向くと小鈴がニヤニヤ笑って立っていた。白のセーターにジーンズというでたちだったので、それと分かるまで数秒を用した。一瞬、逃げようと身構えたが、体が反応しなかった。

「予定通りやん。えらいやないか」

上から目線でニヤけながら言うのでじわじわと腹が立ってきた。何をどう返答していいのか見当もつかず、ブスッと黙っていたら、

「怒っとんのか。お前、怒れるんや」

とズケズケ土足で踏み込んでくる。

「コスズってか。笑わせるやん」

ムカつきまぎれの強烈なひとことは、自分でも信じられないほどの自然さで口から吐き出された。もう逃げる気は失せている。

小鈴は入り陽の最後のひとかけらを左の頬にまともに受けて笑って立っていた。

「なんや、まともにしゃべれるやん」

「はァ？」

「おんなじニオイがする」

小鈴は突然真顔になってまばたきひとつせずこっちを見つめた。思わずたじろいだ。小鈴の目は混じり気なく澄んでいる。えらく恐ろしく澄み切っているのだ。

「茶、飲まへん」

やはり、まばたきせずにそう言った。今までしゃべったうちで一番まともな言葉だった。

「こっちやで」と小鈴は言うと、自分勝手にずんずん歩いてゆく。唖然として背中を見つめていると、くるっと振り返って
「何しとる、はよ来いや」

と、手招きした。どうにも身の置き場がないので仕方なくついていった。

小鈴は旅館街を百メートル程歩き、みやげ物屋の路地を右に折れた。路地は狭苦しかった。ビールのケースやプラスチックのでかいゴミ箱が雑然と置いてあり、人一人がぎりぎりで通れる幅しかなかった。体をよじりながら歩いていくと、突然という感じでポンと視界が開けた。家一軒分ぐらいの空き地があり、何故かブランコが二つあった。北側に松の木が二本立ってい

た。松の木といっても五メートル位の小さなもので、箱庭の盆栽という感じで、木と木の間から海が見えた。日没間際の海がギラギラと光芒を放っている。その松の木のすぐ左横に薄汚れた二階建てのビルがあった。入り口のドアの上に赤色燈が回転していて、その上に横書きで、喫茶野間と古めかしい看板が掛けてあった。

小鈴はその前で立ち止まり、

「この二階や」

とニコリともせず看板を指さした。

小鈴はひょいとドアを開けると階段を上がって行く。とまどいはあったが、どういう訳か動揺はなかった。さっき奴に、同じニオイがする、と言われた瞬間にそれはスウッと消えてしまったのだ。

二階の踊り場の開き戸を押して店の中に入ると、いきなり目の中に海が飛び込んで来た。視野の端から端まで夕映えの海だ。店の西北に面した部分が全てガラス張りの窓なのだ。その時は自分の置かれた状況をすっぽり忘れて、おおっ、と声を上げていた。すると小鈴はニッと笑い、

「ええやろ、ここ」

と言いながら窓際の席に腰を降ろした。

「はよ座り」

促されて、向かいの席に座った。

どうでもいいことだが、小鈴の仕草は本当に女っぽい。夕映えの海を見つめながら左手で前髪をかき上げる仕草なんか、江利子の数十倍美しい。でも、それが何なんだと言う自分がここに居た。美しいけれどそれ以上の感情は湧きはしない。息を呑むこともなく勃起するなんてことはひとかけらすらない。いや、息を呑むことはあるかもしれない。小鈴の横顔は女以上に女であったから――。

「今日のくじ、何番や」

窓の外いっぱいに球形の赤が広がっている。それを眺めながら小鈴が訊いた。

「――四十六番」

すなおに答えている自分が笑える。

「あー、それ吉やなあ」

グラスの水を口にふくみながら小鈴はちょっと面白がった。

ホットコーヒーが二つ運ばれてくる。いつたのんだんだろう。

小鈴はコーヒーをひと口、ゴクリと喉を鳴らして飲み、ボソッと言った。

「お前、女に全然興味ねえやろ」

曇りの全くない瞳が思考をつらぬく。小鈴は微動だにせず見つめてくる。それは好きだのホレたのという世間的な軽々しさはみじんも無かった。魂の奥深い所の核心を寸分たがわずわしづかみにされた気がして思わずおびえた。小鈴の瞳の底で青白い燐光が焔《ほむら》のように揺れているのが分かった。こんなに誰かの目を見つめたのは何年振りだろうか。

小鈴はふっと肩の力を自然な動作で抜き、

「男にも女にも興味ねえ、全然な。俺は――」

と平淡なトーンで言い放ち、コーヒーを飲んだ。

「どういうこと」つられて言葉が口を衝いた。

「どっちかというと男なんや。体は女でもな。でもどっちでもない。分かるか」

「オカマってこと?」

小鈴はコーヒーを吐き出す勢いでブハハハと笑った。

「まちがっても二度と言うなよ。オカマでもオネエでもない。どっちでもねえんだ」

唐突な真顔が強く印象に残った。

それから小鈴はひとことも話すことなく、ずうっと夕焼けを見続けていた。水平線の下の方に黒々とした層雲が積み重なり、そのところどころに紅がにじんだように見えた。

十数分の間、小鈴は何も話さなかった。空白の時間《とき》が流れたがさほど苦にはならなかった。夕暮れは次第に明度を落としていった。もてあまし気味の時間の中で、何となく今日引いたくじを開けてみた。小鈴の言ったとおりやはり吉だった。小鈴はちょっとふくみ笑いをして、お前、名前何?と訊く。どうしても答えなければならないんだろうなと思ったので、

「スグロホツマ」

と、モソモソ答えた。

「北畠小鈴。俺の名前や」

「キタバタケ?」

「そう。由緒あんねん」

何ともアンバランスで強烈に妄想めいた現実が目の前にあったが否定のしようがない。コーヒーはすっかり冷めてしまっていた。小鈴はカップの底に少しだけ残ったそれをぐいっと飲み干し、ポンと立ち上がった。

「お近づきのしるしにおごるわ」

小鈴はレジに歩いて行き、おっちゃんオアイソや、と千円札を出した。おっちゃんと呼ばれた四十過ぎの男は、ホイ、と二百円釣りを渡して、不意に窓の外を指さし、何とも穏やかな顔で、

「飛行機雲、光っとるぞ。明日は雨やな」

と笑った。

そう言われて振り返った。小鈴も振り向く。暗く淀《よど》んだ西の空のずっと高みを、入り陽の最後の一片に照らし上げられた一条の飛行機雲が、凛とした輝きを放ちながら真っすぐに駈け登ってゆくのが見えていた――。

部屋に帰ってから今日一日のことを順番に思い出し、それが今の自分の生活の中で一体どんな意味を持つのか考えられる範囲で考えた。いつだってそうだ。自分の頭は終わったことをとりとめなくぐるぐる思考する癖があった。たいがいそれは結果的にどうどうめぐりになってしまい、いかなる結論も生み出さないことは承知していた。だが、考えざるを得なかった。

小鈴はコーヒーショップを出たあと、空き地にあるブランコをすごい勢いでこいだ。ブランコが一回転する程の勢いだ。

「危いぜ」

そう声をかけると、

「危いもんか。おいスグロ、今、俺がぶっとんでんのか、それとも地面がぶっとんでんのか」

と、空中高くからそう叫んだ。

「お前やろ。ぶっとんどるんは」

こんなにスラスラ人を気にせずしゃべったのも何年振りだろう。

「いいや、違う、両方ぶっとんどる」

「お前もこげや」

ブランコの支柱と水平になる程の高みで小鈴はわめいた。そして、ビュンと降りて来る。

「やめとく」

小鈴は、そうやろな、お前どんくさそうやもんな、とゲラゲラ笑ったのだった。

薄赤く切り取られた海がぼんやりにじんで見えた。その四角い空間で小鈴の体は黒い影となって行ったり来たりを繰り返すのだった。

小鈴の長い髪がさあっとなびく。映画のワンシーンを切り取ったみたいな見事な美しさだった。予測しきれない素直さで言葉が出た。

「きれいやな、お前」

「なんやて?」

小鈴が顔を向ける。再び髪が流れる。

「キレイやな、お前」

でかい声で叫んだ。

「そうやろ。俺、きれいやろ」

小鈴はあいも変わらず全力でブランコをこぐ。「そうや、俺はきれいや」そう叫んだ。

そしてそのあとで、

「でもさあ、そんだけのこっちゃ。それが何なんやあ。バッカみてえ」

と、そこいら中に響き渡るほど大きな声でわめき散らすのだった。

小鈴の顔には玉のような大粒の汗が吹き出しているのだった。

——少し開けてあった窓から透明な冷気が忍び込んで来る。ブルッと身震いして我に返った。

星は一つも見えない。やはり明日は雨が降るんだろうか。

江利子と科学博物館のプラネタリウムに行った日も雨が降っていた。つき合い始めてひと月程たった頃だった。月曜日だったことを何故か覚えている。その日は二人とも三講時授業があったが、昼からの講義をサボッたのだった。

　黒猫カフェで軽い昼食を済ませた後、二人で白川公園の並木道を歩いた。江利子は妙にはしゃいでいて、雨傘をクルクル回しながら次から次へととりとめもなくしゃべった。両親が栃木の片田舎で開業医をしていること、妹が一人いて、来年大学を受験すること、そして、どことなくせわしく生きている秀才タイプの男より、人をわずらわせることのないのんびりとした男が好きなことなどを、別段聞きもしないのにべらべらと話した。その話し方には何の嫌味もなく、何の悪意もなかった。けれど、耳に入ってくるひとつひとつの言葉は、自分の興味を引くことはほとんどなかった。しかし相槌も感嘆符も持たない会話はさすがにこの場では受け入れられないだろうと思ったので、適当に、へえ、とか、そうなんやなどという安易な言葉を所々にさしはさんで受け答えしていた。

　江利子は、最初自分勝手にしゃべりまくっていたが、そのうち、不機嫌になり、

「本気で聞いてるの、スグロ君」

と少々怒った素振りで問い返してきた。

「聞いとるよ」

　そうは言ったものの、すっかり心の内を見すかされてあたふたしたのはまちがいなかった。

江利子が本当に不機嫌になったのは、プラネタリウムで星座群を見ていた時のことだった。江利子は、『秋の星々のロマンス』という場面でぎゅっと左手を握ってきたのだ。ちょっと女の力とは思えない程の力強さだった。不意の出来事であったが、取り乱したりすることではなかった。でも、どう返していいのか全く分からず、その手を握り返しもせずされるがままにしておいたのだった。

——江利子はそのあともずっと手を握り続けた。温かい手だったが少し汗ばんでいた。時間というのは実に不可思議なものだ。握られるという行為が永く続くと、それは特異な感覚でも何でも無くなるのだ。気持ちの良い温かさを伴った感覚の中で、意識がぼんやり薄らいでゆくのが分かった。

気が付いた時は、すでに場内は明るかった。

さすがにしまったと心底思った。横目で江利子の方を見ると、真正面を見据えたまま動かず、怒りをあらわにして固まっている。その両手はハンドバッグを握りしめていた。

彼女は突然だっと立ち上がり、

「来てよ！」

と叫んだ。鋭い口調だった。その声に隣の席のカップルがびっくりしてこっちを見た。

恐れや不安は何ひとつ湧いてはこなかったが、何というか申し訳なかったという気持ちはかなりあった。ウソいつわりなくそれは確かにあった。しかしそれは決して恋愛的な感情の痛みから来るものではなく道徳的な面が九十パーセント以上を占めていたような気がする。

江利子は一言も口をきくこともなく、まっすぐ博物館を出てゆく。そして、白川通りを傘もささずにずんずん歩いた。江利子はうしろも振り返らず、一直線に、ホテルサンマリノに入って行く。

どうしようもない状況で、どうにもならない現実が目の前にあった。

部屋に入ると彼女はハンドバッグをかなぐり捨て、ワンピースを脱いだ。脱ぐというより自ら剥ぎ取るといった方が近いだろう。

スリップだけになった江利子は唇をわななかせて、

「抱いてよ!!」

と声高に叫んだ。その声に初めておびえた。

彼女の背中に手を回し力まかせに抱きしめた。しかし、その行為が義務でしかないことはすぐさま江利子に伝わってしまったのだろう。

彼女は、ドン、と肩を突き飛ばし、

「そんなんじゃないよ」

とくしゃくしゃの泣き顔のままでまっしぐらに瞳を見つめて言い放った。

「抱けないの。私のこと、きらいなの」

続けざまの強烈な言葉に一歩退《ひ》きかけたが、その視線をどうにかはね返し、

「きらいじゃない。でも、抱けない」

とかろうじて言葉をつないだ。

「どうして」

江利子は瞳を反《そ》らさない。

「女の人をどうこうしようという気が起きない。どうしようもないんだ」

江利子はしばらく身動きしなかったが、突然右手を引っ張られた。そのまま服を脱がされ、風呂に連れて行かれシャワーで体をくまなく洗われた。そうして、ベッドに寝かされたのだ。

彼女は、十分ぐらい所かまわずキスをし、唇をはわせ、そして局部を吸った。江利子の前髪が顔におおいかぶさり、ジャスミンの香があたりに満ちた。江利子は獣みたいだった。

——しかし、何事も起こらなかった。起こりようがなかった。

江利子は背中を向け、肩を震わせて泣いていた。その涙がどういう心情を表しているのか自

分には分からなかった。

彼女の裸の肩をぼんやり眺めながら、ああ、終わるな、と思った。悲壮感などこれっぽっちも無かったが、とどめのようのない罪悪感だけがじわじわと体を締めつけてくるのだった。

「このままではいかんのか」

腹の底からしぼり出すように言ったら、

「どんな意味があるの？　このままで」

激しい口調で反駁された。

口をつぐむより仕方がなかった。

江利子は、唐突に毛布をはねのけ、泣き笑いの表情をまっしぐらに向けて、

「スグロ君は一般人とは違うんだ」

と、せせら笑うように返したのだった。

――無意識に右手が飛んでいた。彼女は左頬をまともに打たれて、ベッドに仰向けに倒れ込んだ。その瞳がまん丸で、人間の目というものはこんなにも丸くなるんだと咄嗟に感じたのがひどく奇妙な感覚に思えるのだった。

江利子は驚きとおののきの混じった表情で微動だにせず、こっちを見つめていたが、いきな

り飛び掛かって来て、肩をわし摑みにし、体を揺さぶり、顔にツバを吐きかけたのだ。

それからはもうやりたい放題だった。ありとあらゆる罵倒と考えうる限りの暴力を浴びせ、泣き狂い、そして十数分後にはその場を去っていた。

自分は、なすがままにそれを受けた。そうすることが全くの義務であるかのようにそれを受けた。

江利子とはその後二度と会っていない。そして、それだけでは終わらなかった。彼女ははらいせに「スグロは男として役に立たない不能者だ」というようなことをメールで流したのだ。そのことは、あっという間に教室中に広まり、皆の見る目が瞬時に変わった。

所詮、江利子はそれだけの女だったのだろうが、そういう納得を一つだに顧みないのがまわりの連中だった。好気や侮蔑の目で見られるやら、ホモ気のある連中から声を掛けられるやらで、自分にとって大学は息苦しすぎる場所となっていった。

それが、大学を辞めた原因だった。

——気がつくと霧雨が降っていた。雨が入って来ないようにそうっと窓を閉める。霧雨の向こうに滲んだ街の灯が、ぼうっと丸く浮かんで見えた。明日も多分、冷たい雨が降るんだろうな、そう思いながらゆっくりとカーテンを引いた。

そして、次の日から三日間、ずうっと風邪をひいて、三十八度近い熱を出した。体の節々が痛んでまともに歩くこともできなかった。小鈴の毒気にでも当たったのかとも思ったが、熱は三日目の夜に嘘のようにスーッと引いていった。

——夢を見ていた。真っ白い雪原をたった一人でスキーで滑り降りてゆく夢だった。まばゆい程の深い青空が天空を満たしていた。シュプールのうしろに立ち上がる雪煙が胸のすくほどの爽快感をはらんでいる。たった一人であったが、一人であるという事実が全世界を満たしているように思えた。空を見上げて、ああ、青いな、この空はどこにつながっているのだろうと思った時、パッと目が覚めた。全身汗まみれであった。すぐにTシャツを着替えた。カーテンのすき間からうすぼんやりした光が漏れている。雨は降り止んだらしい。時計を見ると七時前だった。

のろのろと起き出して、やっとこさでバナナを一本食べた。びっくりする程甘かった。

そうだ、小鈴はどうしているんだろうかと考え、今日神社で会えたらメールアドレスぐらい交換しようと思ったが、仕事中だから無理かな、と思ったりもした。とにかく、三日間もおみくじを引きに行かなかったことがなかったから、三日間歯みがきをしていないような気分になった。——病気じゃねえか、これって、そう声に出して言ったら、急に笑えてきた。

夕方五時前に社務所の売店に行ったら、小鈴がポカッと口を開けてこっちを見ていた。

「おみくじ。それとメールの交換して」

小声でボソボソ言った。小鈴は、ハッと表情を業務用に戻した。

「十八番ですね」

にこやかにおみくじの包みを渡しながら、小鈴は声のトーンを落として、

「逃げたかと思ったぞ。鳥居のとこで待っとれや」

と、これまたボワボワとつぶやくのだった。

陽もすっかり落ち切って辺りが暗くなりかけた頃、小鈴が小走りにやって来た。長い髪が水銀灯に光って見えた。奴の髪はキレイだ。

「待ったか」

肩で息をしながら小鈴は訊いた。——五分ぐらいな——そう答え、二人並んで歩き出した。

普通以上に会話している——そう思った。

「メシ、食いに行かへんか」

ちょっと立ち止まる。海鳴りが耳にとどく。

「誰かに見られても困らんの、オマエ」

ハアッ?と首をひねり、小鈴はこっちを見上げた。自分の方が大分小鈴よりは背が高い。

「何で困んのさ。アホちゃうか」

「そんならいいけどさ」

「お前こそ、どうなん」

「全然困らん」

長い髪をゴムで留めながら、小鈴はいつものように口元だけでニヘッと笑った。

「何食うの」

「焼肉。お前さあ、酒飲める?」

「まあ少しなら飲める」

「じゃ、決まりな」

それで、二人で電車に乗った。小鈴は二駅ほど先の伊勢市駅裏に部屋を借りて一人で住んでいた。いまから着替えるでついてきて、と言われて部屋に同行した。結構ボロいアパートで、ありゃ、俺の部屋の方がましだ、と率直に思った。——入れや、と言われ、ちょっと迷った。お前、着替えるんやろ、と何気なく言ったら、

「見られてもどうこう思わん。男と女の関係ならややこしいけどな」

と真面目な顔で言う。

部屋の中はこざっぱりと片付いていて、驚いたことに、あちこちに物理の本や天文学の雑誌が置かれていた。

「これ、オマエの?」

ブラジャーだけの上半身を何のためらいもなくさらしながら、

「そうや。高校卒業するまで勉強しとった」

「オマエいくつ?」

小鈴はスカートからジーンズにはき替える手をハタと止め、

「いくつに見える」

と、まじまじと瞳を覗き込んで来る。

「二十二ぐらい?」

「アホ、十九やで。十九」

小鈴はフフン、と鼻で笑い、鏡に向かって髪をとかした。

「女ってさ、正確に言うと女の格好すんのってさ、案外面倒《めんど》くせーんや」

「男の格好すりゃいいやん。仕事以外は」

すると小鈴は、鏡を見たまた、うーんと一声唸り、

「嫌いじゃない。女のカタチも。めっちゃメンドイけどな。ただ、男とか女の関係がチョーうざったいんさ」

分かるようで分からないとしか言いようがなかった。心の中で、そんなら俺らはどういう関係さ、と口に出せない質問のきっさきを自分に向けた。それを見透したように、

「スグロはさあ、今、俺がここでハダカになったら犯すか。とびかかってさ」

と、いくらか自嘲を含んだ笑みを返してきた。これにはさすがにびっくりした。

「まさか。する訳ない。したくもねえよ」

「お前、アソコ、立ったことある?」

続けざまに驚いたが、小鈴は真顔で、唐突すぎる問いを繰り返した。

「あるか?」

一瞬、息が詰まりそうになった。江利子とのワンシーンが閃くように浮かんだ。

「ない。多分、一回も」

ゆっくり、かみしめるように答えた。小鈴は瞬きもせず数秒間瞳を向けていたが、

「まあ、俺らは箱の外っちゅうこっちゃ」

と言い放ち、視線をはずしてパッと立ち上がったのだった。

——その夜は、小鈴の部屋から五百メートル程離れたアーケード街の焼き肉屋で、たらふく焼き肉を食べ、フラフラになるまでビールを飲んだ。

酔えば酔う程口数が少なくなっていく自分に対して、小鈴はひどく饒舌になった。

小鈴は、美杉の方の古い神社の一人娘で、ゆくゆくは家に戻らねばならないのだと話し、お前はどうなんよ、スグロ、と、ろれつの回らない口調で訊いてきた。

「分からん、そんなこと、どこでのたれ死んでもどうでもいい」

そう答えると、

「アホ、そう簡単に死ねるか」

と言って、肩をドンとどついた。

「お前さあ、何で仕事もせんと、学校も行かんとあんな所《とこ》に一人で住んどんの。ニートか」

ズケズケと尋ねられ、酔った勢いで江利子と大学であったことを正直に話してしまった。

小鈴はビールをぐいっと飲み干し、ジョッキを乱暴にテーブルに置いた。

「やっぱ箱の外やんか。笑えるやん」

火のつくようなムカつく感情がほんの一瞬だけ体の内を駆けめぐった。次の瞬間、無意識に両手が伸び、その手で小鈴の乳房をわし摑みにしていた。その時の行動は説明しろと言われても説明のしようがなかった。

「オマエはどうなんや。同《おんな》じやないか」

顔を睨みつけて声を殺して言った。小鈴は少しびっくりした表情を向けたが、おびえもせず、その手をゆっくりと押し戻した。

「感じへんで、胸さわっても」

見返す瞳は混ざり気の無い深い色を湛えている。小鈴の胸は呼吸に合わせて小さく上下した。

——パチンコ、行こ——小鈴は言った。

小鈴は何事もなかったかのように立ち上がり、さっさと、いや、ヨタヨタとレジの方に歩いて行ってしまった。

それから二人は、朦朧とした頭で、裏通りのパチンコ屋で十一時の閉店まで並んで玉をはじいたのだった。お前、毎日こんな生活しとんの、と訊いたら、

「アホ、半年に一回や」

と大声でわめいた。結局、七万勝った。

——すでに終電も行ってしまった。もう家に帰るすべはタクシーぐらいしかなかった。

「泊ってけや」

そう言われるまま小鈴の部屋に泊った。

風呂に入ってから、一つの布団に二人できゅうくつにくるまって寝た。小鈴は裸だった。

「スグロもすっぽんぽんになれ」

素直に裸になり布団に入った。

「くっつけ。寒いやろ」

振り向きもせず小鈴が言う。背中にピタッと寄り沿うと、小鈴の髪がサラッと頬に触れた。

「オマエの髪、焼き肉臭え」

「うるせえな。洗うのめんどかったんや」

フフンといつものように笑うと、小鈴は唐突に振り向き、

「ニンニク臭え口でキスしたろか」

とこっちを見た。目の前に小鈴の唇がある。ヘラヘラ笑う瞳を怒ったように睨み返す。

「くそタワケが」

小鈴は、ククク と声を出して笑い、肩をすぼめてみせた。そして、

「俺ら何者なんやろな」

と不粋につぶやくのだった。それからしばらくもたたないうちに、小鈴は軽い寝息をたて始めた。

小鈴の肌は温かだった。じっとりと汗ばむでもなく、染み透るような温かさだった。

近くの高架を回送電車が通り、部屋中がカタカタと小刻みに揺れ、飲みさしのビールの缶がテーブルの上で小さく躍った。

小鈴のやんわりした背中の火照りをじかに胸に感じながら、体全部がたとえようもない静かな凪に包まれてゆくのが分かった。何なんだコレ、薄れていく意識と現実のはざまで何回も反芻した。枕元にある目覚まし時計の秒針の音だけが耳の奥に克明に刻み込まれてゆくのだった。

——朝、目が醒めたのが十時半だった。小鈴はどこにも見あたらず、キッチンのテーブルの上に、丸っこい字でメモが置いてあった。

仕事に行く。いつまでおってもええけど、外に出る時はカギかけてって。カギはポストの下のブロックに隠しといて。

——メモを読みながら笑えてきてしょうがなかった。これって、世間で言う同棲じゃねえかと思った。

結局、二日酔いで昼までに八回便所で吐いた。吐きながら、汚れた便器を何故かピカピカになるまで磨いた。そうして、一時過ぎに部屋を出たのだった。

その日以来、神社におみくじを引きに行くのはやめにした。何だか馬鹿らしくなったからだ。そんなことをしなくてもいつでも小鈴に会える。毎日メールで連絡を取り、週二回の割で小鈴の部屋に泊りにいった。小鈴がこっちに来る時もあった。泊るといっても別段何をするでもなく、ビールを飲みながら、ぐだぐだと話をし、話し疲れたら二人でくっついて眠った。それがしごく健全なのか、はたまた世間の男女から見れば相当不健全なのかさっぱり見当もつかなかった。でも、小鈴の背中はいつもほのかに温かく心地良かった。だから安心して眠れた。

そんなふうに日々を過ごしているうちに年末になった。年末は小鈴の仕事があまりにも忙しくて会うことができなかった。神社に行こうにもすごい人ごみで、それを掻き分けて社務所までたどり着くのは容易ではなさそうだった。毎日毎日何となくブラブラしていたのだが、三十一日の昼にメールがあって、『年越し参りに来い。今、トイレでメール打ってる。くそ忙しいぞ。今晩はオールナイトでお神酒《みき》を配る。飲みに来い、あー寒い』と書いてあった。

年越し参りには十一時前に出かけた。粉雪がちらついていて、風は無かったが底冷えがした。旅館街に着く前から参拝客がたくさんいて、鳥居の所から人の波でごった返している。あまりに人が多いとまるで空気のようでさほど気にならなかった。人々の吐く息が白い。その上にフワフワと雪が舞い降りて来る。海は真っ暗だったが、参道の街灯に照らされた所だけがまあるく切り取られ、小波を打ち返して揺れていた。二百メートル程歩いたが次第に暑くなってきた。しかし、コートを脱ぐスペースがない。十分ぐらいかかってやっと社務所の前のかがり火の所にたどり着いた。かがり火の上に暗がりから雪が降りかかり、ゆるやかな炎に触れては溶けていった。火のまわりの人達の顔は皆薄赤かった。

社務所前ではお神酒を参拝者に配っていて、長々とした列ができていた。三人の巫女が酒を土器《かわらけ》に注いで忙しく立ち回っている。背伸びして確かめると、左端が小鈴のようだ。

列に並びながらじっと小鈴の様子を観察する。にこやかな笑顔、上品な手つき、柔らかな物腰、どれを取っても超一級品だった。どこからか、「あの巫女さんすごい美人や」というささやきが聞こえた。それがどういう訳かひどく嬉しかった。でも次の「上品やしな」という声で笑ってしまった。

五分並んで、やっと自分の番になった。

目の前の小鈴は、ゆっくりとお辞儀をし、顔を上げてから土器に静かに酒を注いだ。そして、「よいお年を」と再び頭を下げた。

小鈴の髪はいつ見ても美しい。照明の下でいつもより艶やかだった。アリガトウと軽く頭を下げ、土器を返し、その場を辞した。

さっきの酒で胃の腑がぽあんと温かだった。

本殿にお参りしてから、人波にもまれて、玉砂利をザクザク踏んで人いきれの中をやみくもに歩いた。何となく幸せな気分だった。

その日、おみくじは引かなかった。


年が明けてから小鈴と二人で会えたのは一月の十日だった。例の旅館街の喫茶店で会った。じつはその前日に母親から電話があって、父の会社の経営がおもわしくなく、もう仕送りもできそうにないので、名古屋に帰って来い、と言われたのだ。それを話した。

小鈴は珍しくホットミルクを飲みながら、

「前から思っとったんやけどさあ、何でここなん。何でここに住もうと思ったんさ」

と、いたって真面目な顔で訊いた。

「何となく。とにかく誰も知った顔がおらん所で一人で暮らしたかった」

小鈴は、ふうん、と言ったきり何も言わなかった。

「小鈴こそ何で親と一緒に住まへんの？」

そう尋ねたら、

「うざいやん。親なんか。俺がいつかフツーの女に戻るやろって思っとんのやで。たまらんやん。箱の中に戻したいんや」

「箱入り娘やん」

鼻で笑って返したら小鈴は本気で怒った。

「スグロ、それマジで言うとる？」

すごい形相で睨み付けられた。それからフッと溜め息をついて、

「お見合いせえって言うんやで。ええ？今どきお見合いやで。アホちゃうか」

と、吐きすてるみたいに言い放った。

「ほんで、スグロ、どうすんの。帰んの」

じいっと見つめ返す小鈴の瞳は凄みがある。はね返せなくて目を反らし、窓の外の海を見た。

薄暗がりの中に浜に打ち返す波が白く際立って見えている。

「帰らない。こっちで何かアルバイト探してしばらくは暮らす」

「お前が仕事？　働く？」

いちどきにタガがはずれたみたいに小鈴は思いっきり笑い転げた。

笑われてもしょうがないと思った。しかし少々腹が立ったのも事実だ。一分ぐらい笑い続けていた小鈴だったが、唐突に立ち上がるとマスターに向かって大声で叫んだ。

「おっちゃん、コイツにでもできる仕事探したって」

マスターは、皿を洗う手を止めずに、

「葬儀屋の仕事ならある」

葬儀屋？　小鈴はすっ頓狂な声を上げた。

「植松さんがアルバイト探しとった」

小鈴はしばらく沈黙していたが、ええやん、と一人頷き、

「死んだ人ならしゃべらへんで。人づき合いが苦手なスグロにぴったりやん」

と毒気のまじった冗談を飛ばした。

「やる？」

考えるヒマも何もなかった。マスターの言葉に思わず、ハイ、と返事してしまった。

それで決まりだった。二人のやり取りを見ながら小鈴はずっとクスクス笑っているのだった。

——三日後に喫茶野間で葬儀屋の社長の植松という中年の男に会った。時代錯誤のようなカ

イゼル髭をはやしたおっさんだったので相当な違和感を持った。彼はニコリともせず、いきなり、

「霊感強いか、キミ」

と、じいっと瞳を覗き込んでくる。体は小さいが眼光は鋭かった。いささか気押されたが、

「いえ、全然ないです」

といつわりなく答えた。すると男の目が豹変し、ニィーと笑ったのだ。

「合格。採用」

　おそるおそる、

「霊感がどう関係するんですか」

と尋ねると、

「そらアンタ、仕事にならへんがな」

そう言ってニヤリと笑った。一体どういう意味だろうと不安を感じながら考えていると、

「仕事はあとで説明するで、あさって、セレモニーホール虹まで来て。知っとる?駅前の」

「知ってます」

「礼服ある?」

「ありません」

「会社の貸すわ。一時に来て」

それだけだった。あまりの簡単さにあっけに取られていると、彼は、

「時給は九百八十円な」

とつけ足すのだった。

翌々日、ホールまで出かけて行っていろいろと説明を受けた。葬儀は厳粛な場なので絶対ニヤケた顔をしてはいけないこと、何事も一つ一つ心をこめてていねいにすること、分からないことは必ず相談することなど。

自分に与えられた仕事は、葬儀の会場の設営の手伝い、通夜振舞の準備、清掃、駐車場の交通整理などであった。

その日の夜、小鈴の部屋で仕事の内容を話した。小鈴はウンウンと頷いて聞いていたが、

「スグロさあ、本当に霊感ねえの」

と聞いてくる。ねえよ、と答えると、口元だけで笑って、

「俺は時々見るで」

そう言って髪を無雑作に搔き上げた。うなじが妙に白く見える。

「何を」

「霊やら神様やら」

そう言いながらシュークリームをパクつき、テレビのリモコンを押した。

「ウソやろ」

「時々見る。神様はフワフワ白い形で見える。巫女舞いをする時、本殿で見ることが多いな。霊は、ちっちゃいのからおっきいのまで色々見る。参拝客にくっついて来る」

ちょっと背中が寒くなった。多分からかっているのだろうと思ったが、本人はいたって真面目な顔だ。

「オマエさあ、最初に神社に来たとき、凶のくじ一杯引いたときさあ、右の腕痛くなかった?」

何言ってるんだと言い返そうとしたが、ハッと思い出した。あの日、右の肘をドアにぶつけて湿布していたのだ。でも長袖の服を着ていたのでそれが分かるはずがなかった。

「何で分かんの?」

思わず真剣に問い返した。

「オマエの肘のところに赤いヘビが巻きついとった。おみくじを引いた途端にスルスルってへビが離れた」

ゴクッと生ツバを飲み込む。小鈴はあいかわらずシュークリームをモグモグやっている。

「俺さ、時々オーラが見える。お前のはうすい紫やった。それ、高貴な人の色や。ちょっとビックリした。ふつうの人はピンク色に見えるんや」

「俺が?」

「うん。あ、コイツまた来るなって思った。神様が呼んだんやろなって」

「カミサマが呼ぶ?」

「そうケガレてない人間は呼ばれることがある」

「俺は十分ケガレとると思うけど」

「いや。ケガレてない。ケガレってさ、気が枯れるって書くやん。オマエ、生まれたまんまなんや。そやでさ、人ゴミきらいやろ」

「うん」

「それさ、無意識に汚れたモンが体につくのを避けとんのやで。自分の気が枯れるのを恐れとんのさ」

クリームを唇につけながら説明する小鈴の顔をまじまじと見た。そして訊いた。

「オマエはどうなんさ」

ヒョコッと顔を上げ小鈴はほほえむ。

「ケガレてねえに決まっとるやん」

「なんでそう言えんの」

「ヒミツや」

小鈴は小指で唇のクリームをぬぐい、ペロッとなめた。その唇の赤さに目を奪われながらも、溜め息が出るのだった。

初めての仕事は一月十八日だった。その日は朝から晩まで会場設営の手伝いをした。あれこれ指示を受けながら裏方の仕事をどうにかこなした。食事の用意から祭壇の飾りつけから息つくヒマもなかったので考えごとをする余裕が全然ない。でも、祭壇の蓮の花飾りのキンキラや、菊の花を見たり、ましてそこにデンと棺桶が置かれた時には、ああ、ここは葬式の会場だったんだと再認識させられることになる。何だか脳天気な話だが、その方がいいような気がした。霊感が強いか弱いか聞かれた訳が少し分かったのだった。

働き始めると一日の生活に句読点が打たれるような気がした。メリハリができた。だが、全然小鈴に会うことができなくなった。会えるのは二週間に一回ぐらいだ。毎日クタクタで、もともと体力がなかったから部屋に帰るとグッタリしてしまって小鈴のアパートまで会いに行く気力も無かった。あんまり疲れた疲れたとメールで言ったら、一度だけ小鈴が部屋に泊りに来た。三月の初めぐらいだった。

実際この仕事をやってみるといろんな場面に直面する。通夜が終わったあと、親族の控え室で、遺産相続をめぐって親戚どうしが怒鳴り合いの大喧嘩を始めることもあった。それは全くの修羅場の様相で、どうしようもなく醜いというほかなかった。そのすぐ隣の部屋で、故人は黙って眠っている。さっきの葬儀での神妙さは一体何だったのだろうと内心思った。

しかし、そんなことは放っておいても平気だったが、子どもに先立たれた家の葬式の時は口では簡単に説明できないぐらい胸が痛んだ。それが突然の場合はよけいそうだ。

小鈴が泊りに来る二日前に小学生の女の子の葬儀が入った。丁度、担当の人が発熱で休みだったので、もう一人の人と自宅まで出向いて子どもの遺体をホールまで運んだのだ。その時、子どもが安置されている部屋に上がったのだが、ふと、壁のカレンダーが目に入った。カレンダーにはところどころにマルがつけられていて、お母さんの誕生日、買い物、などとあどけない字で書き込みがあった。それを目にした瞬間何とも表現できぬ切なさが満ちてくるのを感じた。今まで何の疑いも持たずに生きてきた人間の足跡と体温が唐突に断たれたのだ。

子どもはきちんと化粧され、カレンダーの下で眠るようにして目を閉じていた――。涙が込み上げかけたが泣かなかった。ただ両手を合わせた。その瞬間、自分の今やっている仕事の本当の意味が分かったような気がした。

その後の通夜と告別式の折は誠心誠意心を込めてつくしたつもりだ。

母親はまだ若かったが、火葬場に向かう直前の、あの顔を忘れることはできない。涙を流すことも、取り乱すこともなかったが、その顔は恐ろしいぐらい蒼白であった。

生きていく残酷さを生まれて初めて感じた。

――空は抜けるように青かった。

翌日も葬儀が入っていたので、その準備を終えて部屋に戻ったのが九時半だった。炬燵に足を突っ込んでうたた寝していると、ドアの外で、スグロ、と呼ぶ声がする。ドアを開けると小鈴が毛糸のマフラーをして立っていた。吐く息が真っ白だ。

「死んでへんようやな」

「葬儀屋が死んだらシャレにならん」

ヘッと笑い、小鈴はビニール袋をぶら下げて部屋に上がり込む。

「ウドンでも食うか」

そう言って勝手に台所で湯を沸かし始めた。そのうしろ姿をぼんやり眺めていたら、不意に母親の姿を思い出した。

「オマエさ、俺の母ちゃんみたい」

背中にボソッとつぶやく。小鈴は慣れた手つきでネギを刻んでいる。

「何？」

「母親みたい」

小鈴はくるっと振り向いた。今日は髪をアップにしている。それが大人っぽく見えた。

「聖母マリヤや」

「オマエ、巫女やろ」

「そんなら天照大神《あまてらすおおみかみ》」

「馬鹿だわ」

小鈴がウドンの丼を二つ運んで来る。湯気がもうもうと立ちのぼっている。

「食おや」

向かい合ってウドンをすすった。一口すすったところで、今朝の若い母親の蒼白な顔が思い出され、湯気の向こうの小鈴の無邪気な顔と比べたら、どうにも込み上げて来るものを止めることができずに涙が溢れた。

小鈴は箸を止め、じっと不思議そうにこっちを見た。

「何泣いとんの。スグロ、変」

「泣いてねえ」

「泣いとるやん」

「ウルサイ」

小鈴は、何なんさ、アホスグロと、ぶつくさ口の中で言って、再び無心にウドンをすすり出すのだった。

その日は体の芯から冷えるような底冷えのきつい夜だった。いつものように二人でくっついて眠ったのだが、あまりに寒いので布団を二枚ひっかぶった。疲れ果てていたのですぐに寝てしまった。小鈴もしばらくもせぬうちにイビキをかき始めた。

どれぐらい眠っただろうか。カタカタと風で窓が揺れる音で目が覚めた。遠くで消防車のサイレンが聞こえる。眠い目をこすりながら窓を少し開けた。山手の方にポツンと赤い炎が見えた。サイレンの音がいくつも闇に響いて、それがだんだん大きくなってゆく。

小鈴の肩を揺すって起こした。小鈴は毛布を体に巻きつけてのろのろと立ち上がった。

「どうしたんさ」

「火事や。山の方。煙のニオイするやろ」

小鈴はじっと目を凝らして指さす方を見た。

「遠いな。大丈夫やろ」

答えないでいると、「こっち来い。毛布にくるまれ」と毛布の前を開けて手招きした。立ったまま二人で毛布にくるまった。

「寒いやろ」

小鈴がピタリと体を寄せた。

「これが俺らの精一杯のカタチやな」

そう言って遠くの火を瞬きもせずに見つめ続ける小鈴の顔は透徹で神々しくさえ思えた。

「男と女って何やろな」

小鈴の唇がすぐそこで動く。セックスしてみるか？　ボソボソ小鈴が言う。みじめになるだけや、やめとこ、そう言葉を返した。

「キスしてくれ」

唐突に言われて、何も考えずに小鈴の唇を自分の唇でふさいだ。でもすぐ離れた。冷たかった。小鈴の顔がほんの少しだけ歪み、豆電球の光の下で睫毛の影がかすかに揺れた。

「苦しいな。俺ら二人とも」

静かに小鈴がささやく。

「どこかにたどり着くかな」

「着かへんやろ。どっこも」

小鈴の答えに思考がいっとき混乱した。

「どうすることもできへんっていうのが一番残酷なんや。この世の中ではさ」

まっすぐ前を向いて小鈴がつぶやく。あの若い母親の顔が脳裏に閃く。背負ったものがどうしようもないのなら背負い続けるしかないのだろうか。

「何か摑めるかな、スグロと俺は」

やっぱり前を向いたまま小鈴は問いかけた。

「摑めるやろ。雲ぐらいは」

窓を閉めながらそう答えると、小鈴はフフッと笑って、

「雲かあ」

と、小さな声で言ったのだった。

四月になると音無山の桜が満開になる。

久し振りに休みをもらったので、小鈴と二人で花見をした。ゆるゆると東の風が吹いていて

そこここで花びらを散らしている。桜の枝のトンネルをくぐり抜け、吊り橋の上に出る。伊勢

湾が春がすみの下でひときわ青い。

小鈴は風に吹き払われた髪を左手で掻き上げながら、

「金、たまったか」

と訊く。

「ちょっとは」

「そっか。で、お前さ、これからどうすんの。ずっとここにおんの?」

「そうしたいけどな」

「どうしたいん」

小鈴は少し不安そうな顔を向けた。

「俺の家は町工場なんや。鉄工所。俺はエンジニアになるつもりで大学に通ってた」

「家業継ぐためにか」

「まあ、そう」

「でも、心が折れた」

小鈴は黙った。しかし、ゆっくり顔を上げ、

「今でも折れっぱなしか」

と、まっしぐらな瞳を向けた。

「全々」

そう返したら小鈴は小さな息を吐いた。

「オマエこそどうすんのさ。小鈴」

「俺か――」

小鈴はしばらく何か考えていたが、

「実は頼みがあるんや」

と、言いづらそうにうつ向いた。

「何?」

「俺もさ、スグロと同じや。ウチの神社を訳の分からん奴に譲りたくねえ」

小鈴は吊り橋の手すりを両手で握って海の方を見た。

「でもさ、オマエ、親うざったいって言ってただろ」

「それとこれは別問題や。俺はこういう仕事が好きなんや。神様の近くで働けるでさ」

「オマエ、神様に好かれとんの?」

冗談のつもりで言ったら、

「好かれとる」

と、きっぱり返された。

「親がしつこく結婚をすすめてくる。それがムチャうざったい」

「しょうがないやん。オマエ一人っ子やろ。あとつぎおらんもんな。例の見合いか」

「そう。どっかの神社の宮司の息子らしい。糞くらえや。ホント、クソクラエや」

「でもさ、実際どうすんの」

「どうもせん。俺が継げばええ」

言葉が詰まった。思いがけず、ハ?と声が出てしまった。

「女でも宮司になれんの?」

「なれる。嫌がるとこもあるけどな。神職の養成所がいくつかある。宮司になるまで果てしない道のりやけど」

「ひとつ聞いていい？」

「何や」

「オマエがフツーの女でないこと、オマエの親全部知っとるの？」

小鈴はため息をつきながら青空をふり仰いだ。

「ま、半分ぐらいはな」

「それで、俺に何を頼むワケ？」

小鈴がこっち向きに直る。

「一回だけ俺の家へ来てくれ」

「ハァ？　何で」

「見合いを断わるためや。芝居してくれ」

「芝居⁉まさか、婚約者のフリするんか？」

「違う。こうしてつき合っとる男がおるという事実を見せるだけでええんや」

「それで親、納得するん？」

「多分。ウチの親は律儀なんや」

「なんかなあ…」

「イヤか?」

「気が重い」

「スグロはついて来てくれるだけでええ。話は私がするで」

「オマエ、今、ワタシって言ったな。初めて聞いた」

小鈴はしかし表情ひとつ変えず、

「公式な物言いの場では女が出るんや。便利やろ」

と、いともサラリと受け流すのだった。

結局、小鈴に押し切られる形で、五月の連休明けに休みを取って小鈴の家に行くことになってしまった。何とも複雑な気分だった。もし、小鈴が神職の養成所に通い、自分が実家に帰ることになったら、小鈴とのこんな生活も終わりを告げることになるだろう。それを考えると胸が痛んだ。やっぱり恋愛なんだろうか、これってと考えたがどことなく違う気がした。自分と小鈴は一体どこでつながっているんだろうと思いめぐらしたがサッパリ分からなかった。一つの結論としてたどり着いたのは、性欲も物欲もきれいさっぱり無くなった老成した夫婦という形だった。笑える。二十代にしてジジイとババア、そう、清らかすぎるジジイとババアだ。ああそうか、ケガレがないってそういうことなのかと思い当たった。笠地蔵のおじいさんとおばあさんじゃねえか。俺達には地蔵様、いや、神様からの贈り物は届きはしないだろうな。でも胸が痛むってことは、やっぱり独占欲はあるんだ、失うことに対する恐れは確実にあるんだと感じた。

一体、アイツはどう思っているんだろうか。そんな思惑がグルグルと頭の中を駆け回っては消えていくのだった。

悩んでいるヒマなどなかった。その日はアッという間にやってきた。その日、五月九日はしょぼつく雨が降っていた。雲は空いっぱいに低く広がり肌寒かった。どんな格好で行けばいい、と小鈴に聞いたら、フツーでいいよと言われた。しかし、そのフツーが分からなかったので仕方なしに一張羅のスーツを着て伊勢市駅で小鈴を待った。

小鈴は五分遅れてやって来た。ジーンズにTシャツという格好だった。

「何か俺だけバカみてえ」

「フツーでいいって言ったやん」

「オマエのフツーは全然分からん」

小鈴は、飲む、と言って缶コーヒーを差し出す。二人でベンチに腰を降ろす。

「上出来のカップルやん」

そう切り出すと、

「そうね」

と切り返された。体がモゾモゾする。

「やめろ、気持ち悪い」

「いけない？　悪くないでしょ。カップルも」

「やめろってば」

「いけずやね」

ドカッと小鈴の肩をどやした。小鈴は思い切りムセた。ゲホゲホ咳込んでいる。

「分かった、分かった、ちょっとからかっただけや。あーびっくりした」

「びっくりしたんは俺の方や」

しかし小鈴は、使い分けも面白いやろ、とシレッとしている。

美杉に向かう列車の中は閑散としていた。

「オマエさ、何で大学の神道科に行かへんだん。そんならコトは簡単なのにさ」

「そのつもりやった。要はスグロと同じや。高校でさんざん男に声かけられたり、交際申し込まれたりした。断っても断ってもしつこくつきまとわれた。分かるか？　これは俺にとって地獄や。だから大学行っても同じやと思うとガマンできんかった。それで逃げた。今の職場なら勤務中に声かけられることは絶対ないしな」

「男の神職から声かけられへんの」

「それはタブーや。ま、多少あるけど無視する。それで通る」

「俺は？」

　すると小鈴は穴があくほど顔を見つめ、

「男は男でも箱の外やろ。すぐ分かった。箱の外どうしのカップルや」

と笑うのだった。

　十二時をだいぶ過ぎた頃、伊勢八知という駅に着いた。駅の周辺は少し開けていて、コンビニやら、食堂やら、歯医者などがあったが、まわりは山また山で、杉の林が見わたす限り続いている。近くを流れる川の水量も豊かで速い。

「すげえ所やな」

「名古屋人にとってはな。ウチは、ここから歩いて二キロ程行った山の中腹にある」

小鈴が小高い山を指さした。

「歩くのか」

「歩く」

そう言うと小鈴は有無を言わさずどんどん先に立って歩く。しょぼついていた雨はなんとか上がって、雲間から薄陽がさあっと差し込んで来た。一体この先どういう展開になるのかヤキモキしている間にとうとう神社に着いてしまった。目の前に長い石段があり、赤い鳥居に『城山神社』と書かれている。

五十段程石段を登るとようやく境内に出た。相当広い。桜の木が何本も植えられている。社務所の前にはおみくじがたくさん置かれていたが誰も居なかった。自分でお金を置いて勝手に持っていくというシステムらしい。参拝客は五、六人いて、見事な藤棚の下でベンチに腰掛けて藤の花をスマホで写している。

小鈴は社務所の前で立ち止まり、

「ここで待っとって。話は私がする。もし、親が出て来たら、アドリブで何か言うて」

「アドリブ…」

頭の中が少しの間カラになる。アドリブ、それは困る…考えている間に、小鈴は足早に神社の裏手に歩いていった。

困った、困った、困ったとつぶやき、無闇やたらと境内を歩き回った。手水舎の所まで行き、柄杓で手を洗い、口をすすぐ。どこかでヒバリの鳴き声がしている。空気の中に杉の匂いがかすかに混じっている。

五分経っても十分経っても小鈴は帰ってこない。再び社務所の所まで戻って足踏みをしながら待つ。ふと目についたおみくじを苦しまぎれに引いた。何日ぶりだろ。二百円だ。高いなと思った。くじは中吉だった。

三十分待った。今まで生きてきた中で一番永い三十分だった。電話が鳴った。

「今からそっちに行きます」

改まった口調に緊張が走る。冷や汗がじわっと出た。

しばらく待っていたら、小鈴が母親らしき人と連れ立って歩いて来るのが見えた。小鈴は目の前で歩みを止め、

「母です」

と、ひとこと言って口元だけで微笑んだ。

小鈴の母親は四十過ぎぐらいだろうか。緑色の袴をはいている。髪は小鈴より短かったがう

しろで束ねた姿形が小鈴とよく似た雰囲気だった。

彼女は背筋を伸ばしてスッと立ち、腰から深々とお辞儀をした。もうアドリブどころではなかった。何も言えず礼を返した。

「よろしくお願いします」

小鈴の母親はゆっくりと言うと、もう一度頭を下げるのだった。結局、ひとこともしゃべることができなかった…。

神社を後にするとき、石段の一番上で振り返ったら、小鈴の母は、本当に静かに頭を下げたのだった。つられて頭を下げると、小鈴も黙ってお辞儀を返した。不意に胸に込み上げて来るものがあった。顔を上げた小鈴の瞳は、確かに少し潤んで見えた。

帰りの列車の中で、小鈴は、父親がとても不機嫌だったこと、それでも養成所の件はしぶしぶ認めてくれ、推薦状を書く約束をしてくれたことなどを話した。そして、

「母親がくれた。ちょっと笑えるけどさ」

と、小さな二つの御守袋を出したのだった。一つは白で「彦」、もう一つは薄桃色で「媛」と書いてある。

「これさあ、縁結びの御守りやで。彦は男用。媛は女用」

「へえー、初めて見た」

「恋愛にも神社にも興味ない奴が知っとるワケないわな」

小鈴はヘラヘラ笑っている。

「スグロ、お前このピンクの方持っとれ。俺は白の男用持っとるわ」

「何でさ。白の方くれ」

「何でもええやん。俺らどっちでもないんやでさ。ハイ、媛な。女用」

そう言って無理矢理押しつけてくる。小鈴は素早く白い御守り袋をバッグの中にしまい込んだ。そして、ニッと笑った。

「なあ、スグロ」

「何や、馬鹿小鈴」

「今日はありがとうな」

いきなり言われて、驚いて間が抜けてしまった。返す言葉がなくて黙り込んでいたら、まっすぐにこっちを見て小鈴が言った。

「来年の二月で今の神社辞めるわ」

「準備、するんか」

「うん。そいでさ、ついでにもう一つ頼みがあるんやけど」

「どうせロクでもねえお願いやろ」

「神社やめたらさ、一週間ぐらい旅行につき合ってくれや」

「一週間も？ どこ行くの」

小鈴はヘヘンと笑い大げさに胸を張った。

「全国夫婦岩めぐりツアー」

「何じゃそれ」

「夫婦岩も二見も日本にいっぱいあるんやで」

「えっ、本当か」

「ホンマや。そいでさ、いろんな夫婦岩見て回るんや。面白いと思わんか」

「面白そうやけど、また何でさ」

小鈴は数瞬考えてから、パッと顔を上げ、

「男と女のカタチも、夫婦のカタチもみんなそれぞれ違うやん。そやで、岩、夫婦岩のカタチも違うんかなって思ったんや」

「単純やな」

「単純や。とりあえず、西日本編。今回は」

「次回もあんの？」

「お前も俺もどのみち結婚せえへんやろ」

「たぶんな。オマエは知らんけど」

「せえへん。するワケない。そやからいつでも会えるやん。一年に一回ぐらいは一緒に旅行してもええやん。いわゆる独身どうしなんやでさ」

ああ、そういう発想もあるのかと感動してしまった。胸の中にいっとき陽が差したような気がした。

「いっしょうけんめい考えたんやで」

「小鈴にしては賢いやん」

小鈴はフンと鼻で吹いた。

列車が踏み切りにさしかかる。黄色と黒のシマシマの遮断器が車窓に飛び込んで来て、うしろに遠ざかって小さくなってゆく。カンカンという警報器の音が一瞬高鳴り、そして低くなった。

「やっぱり恋愛なんやろな、これって」

小鈴の顔を見てボソッとつぶやいた。

「そうかもな。箱の外には違いないけどな」

そう言って笑う小鈴のまなざしは、いつもよりずっと優しかった。

日月《ひつき》は何のよどみもなく流れる。それからすぐに夏になり、汗をぬぐいながら空を見上げている間に景色は変わり秋になった。

二人の生活にはほとんど変化が見られなかったが、内面は少しずつ確実に変わっていった。忙しい合間をぬって、二人とも十一月までに車の免許を取った。小鈴も自分も車は買わなかったが、小鈴の方は来年の五月までには中古でなく新車を買うと意気込んでいて、あれこれパンフレットを見ては、軽がいいかな、普通車がいいかな、などと夢中になっていた。

「車買ったら乗せてやるからな」

小鈴はそう言って目を輝かせたが、

「その頃にはオマエは養成所で、俺は家に帰ってるから、そう簡単には会えへんよ」

という言葉に正直かなりしょぼくれて、

「そっか。そうやな」

と肩を落とした。それから、

「ちょっと切ないな」

と小さな息を吐くのだった。

葬儀屋の仕事も忙しかったが、働きぶりを認められて、カイゼル髭の社長から正社員にならないかとすすめられた。それで、来年の三月には実家に帰ること、家業を手伝いながら大学の夜間部に通いたいこと、そしてこの土地に来たいきさつを正直に話した。

髭社長は、うーん、惜しいな、とひとこと言い、

「キミのような私心のない人間は少ない。惜しいけど、これも神様の導きなんやろな」と笑った。

その頃から週に一回は必ず小鈴に会うようにした。その他の日は受験のための勉強にあてたが、小鈴に会える日は小鈴に天文学のことをいろいろレクチャーしてもらった。そのうち小型の天体望遠鏡を買い、小鈴の部屋の窓から月の観測をしたり、金星を覗いたりして遊ぶようになった。

「俺らさあ、何万年も前の星の光を見とるんやで。俺らが生まれるずうっと昔のできごとを眺めとるんや」

望遠鏡を覗きながら小鈴は言った。

「ちっちぇーよな、人間てさ」

ある種の感慨をもって答えたら、

「それでも、俺らは俺らや」

と、小鈴はつぶやき、黙って夜空を見上げるのだった。


十二月に入ってから、部屋の中に転がっている不要品をどんどん処分した。今、とりあえず使わない物はまとめて実家に送り返した。すでに四月の時点で仕送りは断った。バナナももう送ってこなくなったので冷蔵庫はスカスカだ。小汚なかった部屋もみちがえるようにきれいになった。がらんどうの部屋で一人寝るのは少し寂しい。だが今は、一人ではないということが確実に実感できた。小鈴とくっつき合って週一回眠ること、キスもセックスも一切なく、ただお互いの体温を受け入れ合うことが、まるで静かな湖の湖面を満たしていく水のように、まちがいなく二人の命を満たしていることにいまさらながら気づくのだった。

――あわただしい年末年始が過ぎ、一月十九日と二十日に名古屋の工業大学の夜間部を受験した。手ごたえはまあまあだったが、三月になるまで結果は分からない。

小鈴の方はというと、やはり部屋を少しずつ片付け始めた。それと同時に、旅行の計画を詳しく立て始めた。小鈴はパソコンと格闘し、九州・四国・中国地方の夫婦岩のデーターを集めた。その中から、九州福岡の糸島・長崎野母崎・佐伯市豊後二見ヶ浦・四国松山の伊予二見の四ヶ所を選んで、五泊六日で旅することに決めた。日程は、三月十五日から二十日までの六日間である。

小鈴は一ヶ所ずつ地図で確かめ、道路と鉄道などのアクセス方法を調べ、宿が空いているかどうか一件一件電話で確認し、そして予約していった。手伝わせてくれ、と言っても、

「これは自分が巻き込んだことだから」

と全く手伝わせてくれなかった。ただ、どの宿がいい?と意見を求めることはあった。

結局順番として、松山・福岡・長崎・大分佐伯と回ることにした。

二月の後半になると風の強い日が多くなった。海からの北西風が音をたてて吹き、空の青さが増していった。その青さを今はすなおに受け入れられる。染み入るような青だ。だがその一角に隠しようのない寂しさを感じるのだった。

——三月十日に大学から合格通知が来た時、小鈴は自分のことのようにはしゃいだ。

「お祝いせなあかんやん」

小鈴はうしろから抱きつき、ぐいぐい胸を押しつけてくる。その感触が柔らかくて背中がはしかゆい。

「やめろって」

「喜びの表現や」

「お祝いは旅行の時でいいよ」

小鈴はパッと体を離し、目をクリクリさせた。何とも言えずその仕草が可愛かった。あー、これが女の使い分けかと思った。

「そうやな。旅行の時でええな。とっとこう」

小鈴が納得したので、その日は軽くシャンパンで乾杯ということで済ませた。


旅行の日までに部屋はすっかり片付け、手元に残ったのは旅行に持って行くリュックひとつと、小鈴に借りた『初歩の天文学』という本一冊になった。その本もリュックに詰めた。

旅行当日、小鈴は黒ニットにネイビーチェックのロングスカートというでたちで、首に軽く白いマフラーを巻いてやって来た。

「女のカタチやんか」

ちょっとびっくり気味に言うと、

「緋袴《ひばかま》はくんと同じや。ただのファッション」

「男《おんな》が寄ってくるで」

「スグロで十分。他はうざったい」

例によって小鈴は鼻で笑うのだった。

十五日は大阪で夕方まで遊んで、南港を午後十時発のフェリーに乗り、翌日朝六時に東予港に着いた。そこから伊予北条まで列車で行き、船で鹿島に渡った。

周遊船から見る伊予二見の夫婦岩は、伊勢のそれよりもかなり大きくて、注連縄も長かった。

「どっちが男岩でどっちが女岩か見た目分からへんな」

小鈴はそう言って笑うのだった。その日は道後温泉のホテルに泊り、翌日九州に渡った。こんなふうにして、三日目は福岡の糸島、四日目は長崎の野母崎、五日目は大分佐伯の豊後二見ケ浦をつぶさに見て回ったのだった。

糸島の夫婦岩を見た時は西の空に層雲が連なり、とても入り陽を見られそうにもなかったのだが、六時半前後の十分間だけ雲が入り陽を避けるように、そこだけ晴れたのだった。

小鈴は西風に髪をバラバラと吹き払われながら、それを直そうともせず、

「やっぱり神様に好かれとる」

と、いたく感激して柏手を打った。小鈴の頬は真っ赤っ赤だった。

次に行った長崎の野母崎の夫婦岩は少し傾いている感じで、岩の間から遠く軍艦島が見えた。

「傾いとるじゃん」

と言ったら、すかさず小鈴に、

「アホ、寄り添っとるんや」

と訂正され、なるほどと感心した。

長崎では飲み過ぎて、翌日大分までほうほうの体でたどり着いた。

佐伯の浅海井《あざむい》駅は無人駅で、すぐそこに海があり、きつい潮の香が鼻をついた。美杉の町が海辺に引っ越したようなとこやな、と小鈴はぶつくさ言ったが、でも、こういう所の方が落ちつくな、とまんざらでもなさそうだった。

その日は駅の近くの民宿に泊った。さすがに最後の晩だと分かっているので、何だかしんみりしてしまって酒もほとんど飲まなかった。二人、黙ってテレビを見て過ごした。

十一時過ぎに布団に入った。辺りはとても静かで車の通る音もしない。全く寝つかれず、ぼうっと小鈴のうなじを見つめていたら、突然小鈴が寝がえりを打ってこっちを向いた。ほんの

間近で、まっすぐに瞳を見つめてくる。小鈴は止めた息を小さく吐き、とまどいを含んだ声で、

「雲ぐらい摑めたかな、俺らさ」

とつぶやいたのだった。ほんの少しだけ潤んだ瞳は清冽すぎて、一直線に胸を刺した。この瞳を一生忘れないだろうと思った。

「煙ぐらいは摑めた」

そう答えると、小鈴は、バーカ、と照れ隠しするみたいに言い放ってソッポを向いた。その肩を力いっぱい抱いた。腕に温かみが伝わるのを感じた。小鈴の肩は小刻みに震えている。しばらくそのまま黙っていた。

「無い物は摑めへんのや」

向こうを向いたまま小鈴がつぶやく。

「摑もうとするからいかんのとちがうか」

苦しまぎれに答えたら、

「そうかもしれん」

と小鈴はささやき、もっとくっつけ、もっともっとくっつけ、俺とお前の区分が分からんようになるまでくっつけ、と言うのだった。

翌朝、豊後二見ヶ浦から昇る朝日を見た。夫婦岩の間から、まるで線香花火の先っちょのように、今にもはじけそうな透明で真っ赤な朝日が昇ってくる。そいつがピョコンと水平線を離れた瞬間、暗い海面に黄色い一本の光の筋が生まれた。海は小暗い赤で染められ、岩は黒々と空に向かって屹立《きつりつ》している。

瞬きもせず朝日を見つめる小鈴の横顔を何気なく眺めていたら、ポン、と何の脈絡もない疑問符が頭の中に浮かぶのだった。

「オマエ、いくつになった？」

小鈴は振り向き、

「ハア？　今聞くか？ そんなこと」

「いくつさ」

と憮然とした顔で聞き返した。

「ハタチ。気分ぶちこわし。バカスグロ」

大人になったやん、そう言ったら、小鈴は、

「スグロのアホンダラ。アホ。ボケ。カス」

と大声で海に向かってわめいた。

「小鈴のアホ、クソタワケ、ボケナス」

負けずにわめき返した。すると小鈴は、

「アホスグロ、切ないやん、めっちゃ切ないやん。何とかしろ。バカスグロ」

とわめき散らして、ぎゅっと右手を握ったのだった。風だけが海からゆるく吹いていた。


小鈴とは名古屋の駅で別れた。改札口で、小鈴はふと立ち止まり、

「スグロ、御守り持っとる?」

と訊いた。

「持っとる」

薄桃色の御守り袋を出すと、

「やっぱ、かえっこしよ。お前、白の方持っとれ」

と、白い御守り袋をいきなり右手に握らせてくる。仕方なく桃色の方を手渡したら、小鈴は大事そうにバッグの中にしまった。

「何で取りかえさんのさ」

小鈴は涼し気に笑った。

「俺とお前の区別はもう無いんやろ。そんならどっち持っとってもええやん。来年またかえっこしよな」

ポカンとして聞いていたら、じゃあな、行くでな、と小鈴は右手を挙げた。くるりと背中を向け、改札口を抜けてゆく。ハッと我に返り、背中に向かって、

「小鈴」

と呼びかけた。小鈴は予想でもしていたかのように、ピタッと歩みを止めた。

「来年も三月か」

小鈴はちょっと振り返り、笑いながら、

「分かんねえ、そんなこと」

と雑踏の音に負けないぐらい大きな声で答えた。その鮮やかすぎる笑顔に向かって、またな、と言いかけ、急に胸がいっぱいになって何も言えなくなってしまった。

小鈴は右手でちっちゃくバイバイすると、やがて人ごみの中に見えなくなった。

いつまでも見送っていたら、ふと、右手に御守り袋を持ったままなのに気づいた。リュックにしまおうとしてよく見たら、袋の口の所に本当に小さな字で、スグロ、小鈴と相合い傘が書

いてあるのを見つけた。

何だかおかしくてしょうがなかった。笑ってしまった。

「アホやなあいつ」

そう独り言をつぶやき、ゆっくりと顔を上げると、小鈴を乗せた電車が静かにホームを出ていくところだった——。

標識_{タグ}

標識（タグ）

最初に見た時、それは黒い犬が、そそり立つ岩肌からはがれ落ちたように見えた。六月の曇りがちな湾口の空は水平線近くまで低い雲が垂れ込め、時々思い出したみたいに差してくる弱い光が、短い間海面をいらだたしげに照らした。南からのウネリがゆるやかにやって来る。そのウネリをなめるように光は移動した。次のウネリとの間のまのびした谷がどんよりと時を運んだ。サーフィンには少々物足りない波であることは確かだった。

犬が落ちた、と思ったが、そういうイメージが奇異であることにすぐにはたどりつかなかった。それほどその光景にはぴったりのイメージだったのである。

「犬？」

サーフボードの上で声に出して言ってからそれがいかにも場違いであることに思いが行き着いた。何せ湾にせり出した切り立った断崖なのだ。岩にへばりついている犬などいる訳がない。しかし、その奇異な光景を奇異と認めさせない程、そいつは犬の落下そのものだった。

その犬は、海面に落下すると、やけに白い波紋を残して、岩影を映した水面《みなも》を一時《いっとき》ぐしゃっと乱して沈んで見えなくなった。それが犬でないと初めて分かったのは、波紋の二、三メートル沖に、ボッカリと黒い頭が浮かんだ時であった。手がすぐに伸び、やがてそれは美しいとはいえないクロールで水を掻き始めた。――人か――思った時には、人影は岩場に取りついていた。足が小岩に掛かり、両手がその上の出っ張りを摑む。重々しく、けだるそうな動作であったが、確実に体が引き上げられてゆく。三メートルほど登ったところで黒い影は岩の向こうにまわってしまって見えなくなった。釣り人が落水したのかとも思ったが、竿も見あたらない。とにかく人が落ち、そしてすぐにはい上がったことにまちがいはなかった。救助などという言葉は全く思い浮かばないほど、そこに命の危うさという感覚は絶無であった。

「何見とるんや」

サーファー仲間の岸田がドンと肩をこづいた。いつの間にか隣に来ていたのだ。ハッとしながらもとまどいを隠せず、

「いや、その、人が落ちて…」

と指さしたら、

「ああん。人？　アホか。誰もおらんぞ」

と、きっちり小馬鹿にされた返事が返ってきた。

僕はそれ以上言葉を発することもなく、かといって現場に近寄るのも面倒くさく、波の上に漂ったまま、さっき人が消えた岩角を見つめていた。

その日見た物は何だったのだろうかと帰路車の中でしばらく考えたが、命にかかわることでもなさそうだったので、次の日にはすっかり頭の中から消えてしまっていた。

しかし、次の週の日曜日に浜に来た時もそいつは居た。

小雨の降る梅雨特有の、じっとりと蒸れるような午後だった。沖がかなり荒れているので漁船も釣り人も見えない。雨降りなので他にサーファーはいなかった。ウエットスーツを着ていても肌寒いと感じる程、珍しく気温の上がらない一日だった。

沖の割神島《ワリガメ》に真白い波頭が曇り空の下で鮮明に砕け散っており、内湾の岩礁にも大きなウネリが押し寄せていた。サーフィンにはうってつけだが、気持ちの良い一日とは言いがたかった。

行く前に岸田に声を掛けたが、今日はやめとく、と、すげなく断わられた。

だから、岩にへばりついているそいつを目にした時、しばらくは我が目を疑い、こいつは一体何をしているのだと考えてしまった。僕の目は、その場所にあまりにも不釣合いな光景に釘づけになってしまった。

そいつは、黒ずんだ垂直な壁を沖の方にじりじりと移動していた。オレンジのＴシャツが岩肌にくっきりと鮮やかだ。

　僕が注視する中、そいつの左手がぎこちなく動く。何かを探すように腕が上下左右にゆるゆると岩を這った。顔が斜め上を見上げた。瞬間、女だと気づいた。男だとばかり思っていたが、短く切りそろえられた髪が思考の幅を狭めていたのだ。確かに女だった。

　僕が十五メートル程まで近づいても全然気づく気配がない。白っぽい横顔が一心に何かを見つけようとしている。

　不意にその動きが止まった。女の左手が顔の上にある岩角をぐっと摑んだ。腕に除々に力が満ちてゆくのが見てとれたが、それは決して力強いといえるものではなかった。体軀が重力に逆いながら苦し気に持ち上がった。そうか、ホールドを探していたのかと、やっと思い当った。僕は電力会社に勤めていて、電柱を登るので、ホールドやステップという言葉ぐらいは知っていた。ボルダリングジムにも何度か行ったことがある。

　女は岩を登っていたのだ。不覚にもそこに意識がたどり着かなかったのは、あまりにも場違いな形にすっかり困惑してしまって、脳みそが稼動しなかったからだろう。

　女は、ヘルメットもギアも何ひとつ付けず、体だけで雨に濡れた冷たい岩にかじりついていたのだ。しかし、ようやく現状が呑み込めたところで、なぜ一人でこんな危険な場所で人知れず登っているのかという疑問が頭の真ん中に持ち上がった。

女は先週、犬になって落下した場所にさしかかった。完全に垂直な岩場で、一枚岩のように思えた。ホールドは極端に少なそうであった。

女の動きに慎重さがうかがえた。女の左脚がわずかなフットホールドを求めて数十センチ左方ににじり寄った。やがて足場を確保したらしく、次に左手が岩を掴みにかかった。危うい動作だった。そして、掴んだと思ったまさにその時、女の体はバランスを失い再び犬になった。が、犬になる寸前に女は岩を左足で蹴っていた。なかなか素早い身のこなしだった。そうか、と思い当たる。真下に落ちれば岩に当たってケガをしかねない。それを防ぐためにワザと岩を蹴り、犬になって落下していたのだ。

女の体は五メートル下の海面にスローモーションフィルムのように落ち、さほど水しぶきを上げるでもなく水面下に潜った。しばらく待っても浮かんで来なかった。

僕の意識が前ぶれもなく突然形を持った。そこいら中をさまよっていた意識のカケラが一点に収束した。

慌てて女が消えた海面に向かってボードを漕ぎ寄せていた。ほんの五秒ぐらいだ。

ガボッという感じで、目の前に頭が飛び出してきた。その突拍子さに、不意を打たれて体が固くなるのを感じた。心臓が背中の方にとびはねていきそうだった。

女は額にへばりついた前髪をやたらと掻き上げ、せわしく咳込んでいる。その音は眼前にそそり立つ垂壁にうつろに響いた。女は立ち泳ぎをしながら蒼白な顔で壁を見上げた。

「大丈夫ですか…」

振り返った顔はみるみる驚きで満たされ、大きな瞳で僕を見つめながら再び咳込んでいる。深く澄んだ瞳の色が怖い程だった。

「岸まで送りましょうか?」

本当にその必要があると思ったので言ったまでだ。

女は、しばらく固まったように僕の顔を見上げていたが、小さく首を横に振り、僕から視線をそらして岩場の方へ泳いでいった。それ以上言葉をかけることは無意味なように思えるほど、女の表情はかたくなに何かを強く訴えかけていた。

行き場を失った僕の視線は、それでも彼女から離れきれずにいた。血の気を失った石膏の胸像のようだと真っ先にイメージが閃いた。その顔容《かんばせ》は西洋人の彫りの深さに、日本人の瞳の黒さを持ち合わせ、髪も今どき染めもせずまるきり漆黒だった。ハーフ?と瞬間、不謹真ながら勘繰ってしまうほどだった。しかし、どう見ても十七、八にしか見えぬ若さだった。

──女はやがて波裏の浅瀬にたどり着き、のろのろとした動作で岩の上にはい上がっていった。

僕は彼女が泳いだあとの波紋をぼんやりとながめ、湧いてくる疑問に深く取り入る勇気もなく、ただひたすら波の頭と底で、ゆっくりと上下しているのだった。

これが僕と平沢慧《ケイ》の最初の出会いであった。

──次の週は会社の都合で海には行けなかった。女の白い顔と瞳の色が頭から離れず、月曜日はそわそわしてしまって、昼飯の時岸田に、

「なあ、きのう浜に行ったん」

と訊いた。

「行ったけど」

薄いトンカツとキャベツの千切りをいっしょくたに頬張りながら、岸田は面倒くさそうに答えた。

「小山《おやま》側の岩場に、人、おらんだ?」

「ん?釣り人なら一杯おったぜ」

「いや、岩、登っとる人」

岸田は怪訝な顔をこっちに向け、

「いねえよ。お前、前もヘンなこと言うとったな。落ちたとかナントか。アタマ大丈夫か」

と、自分の頭をさしてニヤけた。

僕は憮然とした顔で怒ってみせた。

「お前よりはマシ」

岸田は、フン、とそっけなく言い、

「来週は大荒れやで」

「何で」

「台風じゃ」

「台風？」

「大型らしい。こっち来るみたいやで」

「サーフィンにはうってつけやんか」

「アホ。これだで初心者はコワイ」

「何がさ」

「流されて死にたいか」

岸田はジロリと僕を睨んだ。

「行くなよ。一人で」

岸田は同期入社だが僕より一つ年上で、サーフィン歴もはるかに長く、経験も知識も豊富だった。

「行くなよ。死ぬぞ」

もう一度、彼は念を押した。

「ああ」

曖昧な返事をしながら、心の内では、きっと行くだろうなという言葉が、もやもやしたイメージで形作られるのをハッキリ感じていた。

――岸田の言った通り、日曜日は大荒れだった。気圧が低いのか、僕の左肩がジワジワと痛んだ。ここ一、二年丁度二十六になった頃を境に関節炎を病むようになった。まだそんな歳でもないのにと思いながらも、医者にも行かず、かといって治す術も知らず、ダラダラと悪化させてしまっているのだった。

海はこれでもかというぐらい荒れ狂っていた。台風特有の波長の長い大ウネリが沖のテトラポットに容赦なく打ちつけ、泡立った広大なサラシが湾口の方へ真っすぐに伸びている。古綿を際限もなく重ねたような雲が低く連なり、薄気味悪い暗さの中から湿った風を運んで来る。南風だ。台風は明後日、この辺りを直撃するという予報だった。

サーフボードを持ってはいたが、とうてい海に出る気にはならなかった。ただ、もしやあの女がいるかもしれないと思って来てみただけだ。もちろん居るとは思わなかったが。

予想通り、釣り人も、サーファーも人っ子一人居ず、漁船は影も形も見えなかった。

——居る訳ない、そう思いながらも、岩場をずうっと端からなめるみたいに視線を移していった。そして、次の瞬間息を呑んだ。

——あるはずのないオレンジの点が、松戸島と呼ばれている小島のうしろの壁を移動していた。うわ、と思わず声を上げてしまった。

無意識にボードに飛び乗った。サラシの激流を避けて五十メートル程漕ぎ、押し寄せる大ウネリをいくつも越えて島の前まで行った。今のところ潮も速くなく、流される心配はなさそうである。ただし、岩に打ち当たる波は激しく逆巻いており、もし落水して呑み込まれでもしたら、その遠慮のない一撃は人をもみくちゃにし、岩にぶつけ、あげくに命を奪い取るなど苦もないことのように思われた。誰が見ても無謀な行為であることはまちがいなかった。この女は何をしているのだろうという強烈な問いが閃きにも似た速さで体中を駆けめぐった。

今日の女の動きはいつもより俊敏だった。腕を縮めて体を持ち上げ、伸ばしては休み、ムーブとレストを繰り返し、静と動の形をきちんと構築していた。女は振り返らない。彼女の形作る静と動は、非妥協の容赦なさを強烈なほど見せつけていた。岩登りの経験者であることはまちがいなかった。僕は彼女の圧倒的な意志の気配に少しの間狼狽したが、目は片時も離さなかった。死ぬつもりだろうかとも思ったが、それなら毎週ここに来るはずがない。訳の分からない疑問はいつしか不安を孕《はら》んでいて、途方もない速度で膨らみ始めている。

この前の一枚岩はすでにクリアしているらしく、彼女の行く手にはオーバーハングがのしかかってきていた。岩は海に向かって三十度以上の角度でせり出しており、庇のすぐ上に凹凸が少々あるぐらいで、その上はツルツルに見えた。

上をまくのか、そのまま下を行くのかハラハラしながら見ていると、女の左足がわずかなホールドを探し出したらしく、スッと動くのが見えた。続いて左手が上方にさし出され庇の上端を捉えた。右腕が伸び左手の横に来る。重心が左方にブレなしに移動してゆく。

オーバーハングにとりついた女は、今度はセミになった。セミは庇《ひさし》の下でしばらくじっとしていたが、やがてじりじりと横に動き始めた。しかし、岩の中央付近でピタリと動きを止めてしまった。休んでいるのだろうか、彼女は腕を伸ばし、じっと静止している。

一分程経った頃、彼女は上を振り仰ぎ、それから足元を見た。

左脚が沈黙を破ってムーブを起こした。その足先が、かすかな岩の突起にかかったと見えた瞬間、それは無慈悲にも空を切り、全体重が一気に両腕にかかった。あっと思う間もなく彼女の体は重力によって岩から引き剝がされた。犬ではなく一本の棒になって――。

落下する速度が奇妙にゆっくりに思えた。投げ出された四肢は落ちることを嫌がるようには見えなかった。空間に身をまかせ、一切を信じ切ったフォルムというものが有るばかりだった。そこには、叫びも恐怖も何もなかった。ただ、落ちるという現象そのものが在った。僕は、呆気にとられ現実を忘れていた。三次元の映像を見ているみたいな、自分とは無関係な事件のなりゆきを見ているみたいな感覚だった。自分が荒れ狂う波濤の中にいることも忘れていた。

女が白く砕ける波に吞み込まれた時、現実が突如輪郭を持った。時間が具現する。

僕は発作のように水を搔いた。岩場に近づくことはひどく危険であったが、そんなことは頭からふっとんでいた。ボードから頭を突き出し、水中を見ようとしたが無駄なことだった。辺りはそこいら中泡だらけで、白く渦巻く世界が視界を圧している。

大ウネリが来て岩頭にぐわんとぶつかった。パッと白が飛び散り、大きな渦がボードを翻弄する。振り落とされぬよう板にしがみついた時、数メートル先にチラリと黒い物が視野をよぎった。それは引き波に吸い出されて急速に沖の方に運び去られようとしていた。意識が無いらしく、その黒い頭は潮の流れのままにボードから遠ざかってゆく。

右手をぐいっと海中で押した。ボードが滑り、頭が真横に来る。素早く女の両腕の下に手を差し入れて抱きかかえた。左肩が痛い。再び飛沫が視野をおおい尽くす。一刻も早くこの場を離れなければならない。無理な態勢でボードをまたぎ、女をかかえ、アヒルみたいに足を動かした。ボードは少しずつ沖に出始めた。ウネリの谷間で女の体が海面下に吸い込まれそうになる。腕に力が入る。両腕はパンパンだ。

その時、水を飲んだのか、女が激しく咳込み、意識を取り戻した。

「ボードのうしろにつかまれ」

絶句に近い声に、女は咳き込みながらも反応し、のろのろと、しかし、案外しっかりと板のフチを摑んだ。

やっと一息ついた僕は、女をぶらさげたままボードを漕ぎ続け、十分もかかってようやく浜にたどりついたのだった。

低い空から大粒の雨が落ち始めた。女の唇は血の気を失っている。顔は真っ青だが瞳はうつろではない。

「着替えは？」

ワゴンの後部ドアを開け、女を床に座らせる。彼女はじっと前を見たまま、

「自転車」

とだけ言った。指さす方に青い自転車があり前カゴに黄色いザックが見えた。

「家はこの近くなんか」

女はコクリと頷いた。

僕が女のザックを取って戻って来るまで、女はおとなしく座っていた。ザックを手渡すと、彼女はニコリともせず、ありがとう、と言った。彼女がザックの中のビニール袋から白いTシャツを出すのを見たので、僕は車の前に行きウェットスーツを脱いだ。ちらりと見ると女は濡れたシャツを脱いでいるところだった。陽焼けした両腕と白い肩がまぶしいぐらいに対照的であった。僕はすぐ目をそらした。

タオルで頭を拭いている彼女に、

「送ってこうか」

と遠慮がちに言った。女は手を止め僕の方を見た。怖いぐらいに瞳は澄んでいる。湿った髪から雫が頬に伝って落ちた。僕は心はとっさに一歩退いていた。それぐらい彼女の姿はその場に

は異質なものであった。彼女は肉体という輪郭を明確に示しながら、命の微細な形がぼんやりしていた。そして、どこに向かっているのかは全く判然としないが、意志という存在をはっきりと感じた。

「送ってくよ。自転車は積める」

答えはなかったが否定もなかった。その沈黙はぎこちなさだけがあり、着ぶくれしたみたいに膨らんでいった。

「乗れよ」

女性に対してこういう口のきき方をするのは五年ぶりぐらいだ。

「乗れよ」

もう一度言った。

「ハイ」

女がすなおに従ったのでとりあえず安心した。

「うしろは荷物で一杯やから前に乗ってくれ」

彼女は頷いて、ザックを膝に載せて助手席に座った。そのまま堤防のはしっこに止めてある自転車の所まで行って車に載せた。

雨はだんだん激しくなった。銚子橋の手前の自動車工場まで来た時、しぶきでほとんど前が見えなくなった。速度をゆるめる。

「どう行ったらええの？」

女はワイパー越しに前を見る仕草をし、

「橋を渡ったら信号の所を左に曲がって下さい」

「山の方へ？」

「そう」

言われた通りに走り、川添いに十五分ぐらい走った。集落もまばらになった。自転車で来るには遠すぎる距離だ。

「そこ右に入って下さい」

ポツンと一軒だけ建っている雑貨屋まで来た時、彼女は言った。無駄口は一切たたかなかった。重苦しい雰囲気ではあったが、大雨の中運転するのに精一杯で気を回す暇はなかった。浜から十五キロはゆうにあった。

「こんなとこから自転車で来たの」

女の顔に少し赤みが戻っている。

「ハイ。日曜日ごと」

「岩登りに?」

「ハイ」

押さえていた疑問が吹き出してくる。

「高校生?」

「違います」

「いくつ」

「十八」

それきり会話が続かなかった。なぜあれほど危険なことを平気でできるのか、その核心部に至らないまま言葉が途切れた。

「ここです。止めて」

急にそう言われて車を止めた。古い寺の前で、松寿山林禅寺と看板に書かれている。

「寺?」

「ハイ」

彼女が雨の降りしきる中車を降りたので、自分も降り、後部のハッチを開け、自転車を下ろした。山門の下に自転車を止めると、彼女は深々と頭を下げた。

「ありがとうございました」

全てが奇妙にチグハグな中、つられて頭を下げた。言葉は見つからなかった。

彼女は、それから小走りに母屋の方に駆けていった。それは普通の若い娘の姿だった。

僕はただ立ち尽くしてその背中を見送ることしかできなかった。


それから二、三日落ちつかない日を過ごした。あの娘の瞳が頭から離れなかった。次の日とその次の日は台風で大荒れの天気だったので、また海へ行っていないだろうかなどと余計な心配をしたりもした。僕の日常は平凡で陳腐なものであった。僕にとって毎日という日常は、ぐだぐだ連綿と果てしなく続いていた。そういう生活に疑問符を思い浮かべることもなかった。全ては懈怠のうちに流されていたからだ。

しかし、日曜日の出来事はそれに風穴をあけ、日々に句読点を打ったのだ。彼女はどうして命を落とすかもしれない行為を、あれ程生死に無頓着に為すことができるのか。彼女の四肢は落ちることをまるきり受け入れていた。初めから死ぬつもりならわざわざ何度も岩場に来るはずがない。岩登りの練習であれば天候の悪い日にしなくてもいいはずだ。落ちた後どうなるのか誰にでも予測はつく。何もかもメチャクチャで矛盾だらけで筋が通らなかった。筋が通らなかったけれど、彼女の瞳の色の深さだけが心を貫くように記憶に焼きついていた。

あれこれ考え、誰に話すでもなく、悶々と数日を過ごしたのだった。

金曜日の夜、家族と夕食を食べた後、部屋でテレビを見ていると母の呼ぶ声が聞こえた。

「アツノリ、平沢さんって人から電話」

「どっかの業者なら断って」

「違うみたい。海山《みやま》のお寺の平沢って言うとったよ。ヒラサワケイさん」

母は訝しんで電話の子機を手渡した。寺？平沢？身に覚えがない。知り合いなら携帯にかけてくるはずだ。怪しみながら電話に出た。

「ハイ、かわりました。遠野ですけど」

「トーノさん、ですよね…」

若い女の声だった。

「あの、この前の日曜日はありがとうございました。助けていただいて」

日曜日？　そこで記憶と現実がつながった。

「財布、落とされませんでしたか。山門の下に」

「財布？」

「ハイ」

そういえば二つある財布のうち、千円ほど小銭の入った方が見あたらないな、と思っていたのだ。カードもなにも入ってなかったのでさほど気にもとめていなかったのだ。そうか、あの時と思いながら、

「落としたかもしれません」

と答えた。

「名刺が入ってたんで。あの、車の中で遠野さんの名札、見かけたから…。お家に送りましょうか」

「いや、明日そっちにうかがいます」

「そうですか。私、明日はずっといますから」

少しだけ自分の感情が動くのが分かった。そこはかとない昂《たかぶ》りが心の底でかすかに芽ばえた。

「明日は岩登らんの？」

そんな僕の問いに彼女は少し笑って、

「登りません」

と言うのだった。

電話を切ると姉が寄ってきて、

「誰？　顔がニヤケてる」

と横腹をつついてきた。答えるのも面倒なので、会社の関係の人、とごまかしておいた。


――次の日は梅雨明けを思わせるような青空が広がっていた。

一応サーフボードを持って出かけたが、浜に着いて海を見たらあまりにもベタ凪ぎでサーファーは一人も居なかった。岩場にも人影は見あたらない。まだ昼前だった。

僕は早々に車に戻り、先週の記憶をたぐり寄せながら寺に向かった。途中、道を間違えたので四十分もかかってしまった。

寺に着き車を止め、古めかしい山門をくぐると正面に本堂があり、奥の右の方に母屋があった。この寺のたたずまいと、女の行動はどうにも結びつけ難く、しいて言えばワインの中に牛乳を入れて飲むというようなアンバランスな心持ちであった。寺のすぐ背後に切り立った山肌が迫っており、小鳥のさえずりがそこかしこで聞こえ、土塀の傍には百日紅の木が数本植えられている。その下で山百合が白い花を咲かせていた。玄関は開けっ放しになっている。ひっそりと涼しかった。

「こんにちは」

奥に向かって大きな声で言うと足音が聞こえ、法衣をまとった体の大きな老人が姿を見せた。七十過ぎぐらいだろうか。その堂々とした容姿に少し気おくれしながらも僕は一礼してから言った。

「伊勢の遠野という者です。お電話いただきましたので…」

彼は相好を崩し、深く腰を曲げてお辞儀をした。

「お上がり下さい。慧から昨日初めて聞いてビックリしとったんです。まさかあんな日に岩登りに行っとるとは思いませんで」

彼はひどく恐縮しながら僕を居間に案内した。そこに彼女はいなかった。彼が祖父なのか父親なのかはっきりしなかったので、一応僕は言葉を選んで、

「娘さんは？」

と尋ねた。

「孫です。二人で暮らしとります」

意外だったので僕は黙り込んだ。

「母親はあれを生んで八年程で出ていきました」

初対面の僕に気兼ねするでもなく、飄々と彼は言った。

「父親は山ばっかり登っとりましたが、慧が中学生の時、滑落して死んで――」

「山で、お父さんが亡ったんですか」

「はあ、娘と二人でちょっとした岩登りをしとって、二人とも落ちた。父親は頭を打って三日後に亡くなって、あの子は助かりました」

彼はお茶を出し、自分もそれを静かにすすった。寺の中は七月だというのに涼しく、蝉の声ばかりが耳に響く。全く静かだ。

「慧は今、買い物に出とります」

この数週間の疑問符が一気に氷解していった。バラバラのピースに針金がすっと通り何となく形になった。

「高校で山岳部に入ってから狂ったように山ばっかり登っとりました。岩登りも覚えて何回も落ちて、すっかり懲りたと思っとったら今度は海で岩登りですわ。困ったもんや」

苦笑した顔に諦めと寂しさがごちゃごちゃに入り混って彼の皺は一層深くなった。

「ワシではもう止められません」

「大学生、なんですか」

「いやいや、実のところ精神が不安定で。人にも会いたがらんのです。大方は寺の手伝いをしとります。誰とも話もせんし。高校を中退してから、だんだんひどくなってきて、岩登るか走っとる時以外はボーッとしとります」

その時、自転車の音がして、彼女が帰って来た。ただいま、という声。廊下を歩く音が近づいてくる。

手にスイカを抱えた彼女は、僕の姿を見ると一瞬体を固くした。そのまま突っ立っている。

「命の恩人に挨拶せんか」

怒られて初めて、慧はスイカを床に置き、

「ごめんなさい。二度とあんなことはしません」

と、まるきり子どものように謝ったのだった。

光の中で見る彼女は、死の影など全く無縁で、健康美に溢れているように見えた。花柄のプリントスカートから伸びた脚は筋肉質でひきしまっている。短い髪が彫りの深い顔容に見事な程よく釣り合っていた。若さばかりが否応なく炸《はじ》けており、どこから見てもごく普通の若い娘にしか見えなかった。岩から落ちた時の、蒼白な、そのくせ何物にも頑是ないほど強烈な意志を持った顔つきとは似ても似つかなかった。

しばらく三人とも無言の時間を共有したが、彼女の祖父はやおら立ち上がった。

「ちょっと檀家に用事がありますんで、失礼ながら二時間ほど家を空けます。慧、スイカ切って食べてもらいなさい」

そう慧に向かって言い、

「どうぞゆっくりしてって下さい」

と、僕を振り返って合掌し、礼をした。

慧は居間の入り口に座ってアサッテの方を見、スイカを撫でている。僕の方を見ようともしない。

「山、登ってるんやてな」

慧はビクッとして顔を上げた。

「ハイ。父に教わりましたから」

「お父さんも坊さんやったの？」

「いいえ、ＪＲに勤めてました」

慧はうつむいてしまった。まずかったかなと思った。仕方なく、僕は言葉を紡いだ。

「岩登ってて怖くないの？」

彼女はこころもち顔を上げて、

「高いのは平気です。でも、海は怖いです」

「じゃ、なんであんなとこ登るのさ」

すると慧は昂然と顔を上げ、

「海では何度でも落ちられるんです。怖いのと登るのは別物なんです」

「別物？　何のために登るのさ」

「登るためだけに登るんです。理由なんてありません」

慧の瞳に初めて会った時のあの澄明さが蘇っていた。彼女の語気はかなり強く、僕の言葉を必死で弾き返そうとしている。

「死ぬかもしれんのにか」

「分かっています」

慧の瞳には一点の曇りもなく、あまりの深さに釣り込まれそうになった。僕はそれをかろうじてのがれ、

「俺がおらんだら、死んでたんやぞ」

と低い声でおどすように言った。

彼女は、しばらく真っ直ぐに僕を見つめていたが、やがてオロオロと視線をさまよわせ、

「ごめんなさい。あなたが居るの知ってました」

と意外なことをつぶやいたのだった。

「知ってた?」

「ごめんなさい」

力無い謝罪の言葉が、何となく酸っぱい後味の悪さを残した。僕はどう考えていいのか分からず、さんざん迷ったあげくに、

「もう帰るよ」

と言って腰を上げかけた。

途端に慧はうろたえ始め、

「待って。スイカ切ってくるから食べて帰って」

と、すっかり慌てて、その場に全くそぐわぬことを言い出し、僕は僕で呆気に取られ、その幼児のような慌て振りを眺めていたのだが、とうとうたまらず笑ってしまった。

それを見て、やっと彼女も安心したらしく、ペタッと床に座りこんで、

「昨日、祖父にメチャクチャ叱られました。部屋に鍵かけて監禁するぞって」

と、半泣きになった。

「そんなに怖いの、おじいさん」

「あんなのは初めてでした」

「ふうん」

「お前の勝手で他人まで巻き込むなって。さんざん怒られました」

「どうして昨日バレたのさ」

「机の上にあなたの財布と名刺置きっぱなしにしてて見つかりました」

「一週間も隠してたんか」

「ううん。山門のすみっこに落ちてて、昨日の昼まで気づかなかったから――」

慧は、ふっと息をついて少し笑った。

「スイカ、切ってきます」

慧はスカートをひらめかせながらパッと立ち上がると、台所の方へ早足に歩いていった。

それから、僕等は本堂の縁側に座ってスイカを食べた。油蝉の声が百日紅の木からやかましく聞こえてくる。縁側は丁度日陰になっている。日なたと日陰の境がくっきりと区切られて別の世界を音もなく構築していた。

慧は、スイカの種をププッと吐き出しながら、

「あの、トーノさんて何してる人?」

と訊いた。

「電力会社に勤めてる」

「電気屋さんか」

「かなり違うな、それ」

「いくつ?」

「二十七。キミより九つも上」

「そうなの。あのさ、キミっていうのやめて下さい。ケイでいいです」

僕はかなり驚いてしまったが、もう一度言い直した。

「ケイより九つ上。ケイはだいぶ変わってるな。フツーじゃない」

彼女は足をプラプラさせながら、

「ヘンジンですから。みんな言います」

と、平然と言い放った。

「変人？　そんな美人やのにな」

慧は不意を喰らったように赤面した。

「そんなコト言うのトーノさんだけだ」

「もう、荒れた日に、岩登んなよ」

「多分、ね」

「多分？　俺はいつもあそこにいるとは限らんぞ」

すると慧は前を向いたままピタリと足を止めた。

「いるよ、いつでも。そんな気がする」

ゆっくりと振り返る彼女の瞳に引き込まれながらも僕は一歩退くのだった。

慧は真っ青な空を見上げ、輝く積乱雲に目を細めた。彼女の胸が静かに上下する。

「アタシさあ、朝起きたらさ、一日が暮れてくんだ」

見つめた横顔は子どもではなかった。風に吹き払われた髪がうすく頬にかかる。

僕はしばらく息を詰めてその横顔を見ていた。何の邪念もなく、ただ見つめていた。

それから僕は何となく目をそらし、黙ってスイカの種を飛ばし続けるのだった。

それが、僕と慧の始まりであった。

次の週の日曜日に浜に行くと慧はすでに岩に取りついていた。その日はベタ凪ぎで波ひとつなかった。サーファーは一人もいない。

慧は目ざとく僕を見つけ手を振っている。

僕が近くまで漕ぎ寄せて行くと、

「監視？」

と首をかしげて笑った。

「そう」

「今日は落っこちても大丈夫だよ」

「まあな。天気もいいしな」

「サーフィンはできないよ、全然」

彼女はゆっくりと岩場をトラバースしてゆく。今日の動きは機敏だ。

「おじいさんは、慧のこと人としゃべらないって言っとったけど、よくしゃべるやないか」

慧は岩棚の上に到達すると汗をタオルで拭きながら、

「ツボにはまるとしゃべるんだ」

と僕を見下ろして微笑んだ。

その日の夕方、彼女の家へ寄っていった。

「クーラーあるのこの部屋だけだから――」

彼女はそう言って自分の部屋に僕を招き入れた。部屋はさっぱりと片付いていて本棚には、天文学の本や物理学の本がずらっと並んでいる。その横に四十センチぐらいのアクリル水槽が置かれていた。

「これ慧の本か?」

「お父さんの。死んじゃったから私がもらったの。じいちゃんには猫に小判」

「猫に小判って、慧、読んで分かるのか」

「半分ぐらいならね。数式はゼーンゼンだけど、イメージだけなら浮かぶよ」

イメージねえ、と僕はつぶやきながら、ふと隣の水槽に目をやり、思わずギョッとして固まってしまった。巨大なまだら模様のナメクジが金魚鉢のカケラからヌッと顔をのぞかせたからだ。

「何?アレ」

僕は息を呑んで慧の顔を凝視してしまった。

「Q太。山ナメクジの。もう一匹小さい方がエス」

慧はそう言うとケースのフタをあけ、巨大な奴、十五センチはあろうかという山ナメクジをことも無げにつまみ上げ、ホラッと僕の鼻先に突き出したのだ。本当にゲッと思ってしまった。僕はこういう軟体動物は死ぬほど苦手なのだ。僕は顔をしかめ、後ろに一歩飛びのいていた。

「キライ?」

慧は真顔で問う。僕は正直に答えた。

「うん。死ぬほど――」

あーあ、と彼女はふてくされ、くるっと踵を返し、そいつをケースに戻した。

ボトッという感じで、そいつはキャベツの葉の上に着地し、ぐでらっと一回転した。それから触角をフヌフヌと伸ばし、奇妙に性的な粘液質のぬめりを残して金魚鉢の中に這って行った。

僕は思わず身震いしてしまった。

「嫌われたね」

彼女はナメクジに話しかけた。

「何でそんなもん飼ってるのさ」

ようようそれだけ尋ねた。

「いたんだ。竜洞谷《たつぼらだに》に」

「どこ。それ」

「お父さんと二人で落ちた谷」

「落ちた日に拾ってきたんか」

「まさかあ」

　慧は僕の顔をまじまじと覗き込み、右手を横に振った。

「高校に行ってた時、山岳部で登ったの。その時たまたま二匹いたんだ。親子みたいで、アッ、これアタシとお父さんみたいって思ってさ、お弁当箱に入れて持ってきたの」

　お弁当箱と聞いてもう一度ウェッと思ったが、話自体は切ない内容だし、何と答えていいか皆目見当もつかなかった。

　それ以来、僕等は日曜日ごとに会った。約束通り慧は荒れた日には岩を登らなかった。彼女が岩登りをするのはサーフィンができないような凪《なぎ》の日だけなので、サーファーは誰もいない。僕は沖にボードを浮かべてぼんやり彼女を見守り、帰りに少しだけ寺に寄っていった。そのうち、見ているだけではつまらなくなり、少しずつ彼女について岩を登るようになった。

　やってみると、これが相当大変だということがよく分かった。初めて岩に取りついた時には垂直な岩に足がすくみほんのわずかも動けなかった。かすかなへこみに足先を乗せ、微小な突起に指をかけるだけで体は必要以上に硬直し、意識はたかが三メートルの高度に怯んだ。両足と右腕だけで焼けた岩にかじりつき、左手は爪半分程の凸凹を求めさまよう。

慧は一言も発することなく注視している。

僕は言葉を失い、冷たい汗を滲ませ、意識と体のアンバランスの中を泳ぎ続ける。

小さな岩の出っ張りに左足を移動させた途端、一気に岩壁から引きはがされ、体重を無くし、僕はゼロになる。気味の悪い静止。そして落下に支配される。声さえ出ない。

「蹴って!!」

慧の声が耳をつらぬく。瞬間、僕は時間を取り戻し、足をバタつかせた。

——僕も犬になった。しかし、犬になることはこんなにも難しかったのだ。足裏が固い物に触れ、そいつを押したと感じたと同時に、頭から海に突っ込んでいた。上下逆さまに白が閃《ひらめ》く。四方に光が炸《はじ》けた後、透明な水の底から黒灰色の瀬が急速に迫ってくる。ヤバイと身をすくめたが、すぐ体がピタリと止まり、手でひと掻きすると、やがて頭を上にして静かに光の方に昇り始めた。ようやく、ぐちゃぐちゃになった光の中から、まっさらな青の下に浮かび上がる。

「大丈夫? トーノ」

慧はそんな時いつも穏やかに笑っているだけで、手をかそうとはしなかった。

僕は無言で岩にはい上がり、彼女の横を通り過ぎ再び垂壁に取りつくのだった。何度も何度も落ちながら、負けず嫌いの僕はムキになって岩に向かっていった。何度登っても高い所はやっぱり怖かった。だが少なくとも怯まずに壁と対峙することはできるようになっていった。しかし、落ちる。山なら何回も死んでいることになる。海だから何度でも落ちられると言った慧の言葉が身にしみて理解できた。

こうして僕の日常に風穴が開いた。僕のつまらない日常はこうしてくずれた。僕にとってイミのなかった時間は、突然イミをもって僕の目の前に具現した。疑問符を思い浮かべることもなかった日々の営みは、古い皮膚のようにはがれた。

そうだ、慧との出会いが日々に句読点を打ったのだ。

——慧は不思議な女だった。女というより生き物と形容した方がピッタリくるだろうか。普通に生活している人間には、とても信じられないような日々を送っていることは確かだった。

彼女は毎日十五キロ走る。火曜と木曜は十キログラムの砂が入ったリュックを担いで山道を歩く。それも二時間だ。高校時代からの習慣だと言っていたが、並の人間にできることではない。僕も時々ついて行ったが、次の日には必ず筋肉痛になった。

「ヒマラヤでも登るの」

　僕が訊くと、

「どっこも登らないよ。埋めてるの、毎日をさ。暮れてく前に」

と、さもつまらなさそうに答えるのだった。

　僕等は世間のカップルからすれば、見た目も心情も月とスッポンほどかけはなれていたと言っていい。僕等二人が一緒にやることといえば、浜での海水浴、ボルダリング、寺の周りの山の散策ぐらいであった。

　ある時、会社で岸田にそのことをちらっと話したら、

「まったく、ガキのお遊びじゃん」

と辛辣にバカにされた。その通りだという気もしたが、それでも僕は、慧と過ごす一部始終の時間に満足していた。

　慧は、多分に幼ないところがあり、それが精神不安定という烙印を押される原因のひとつであったことはまちがいなかった。

　慧はランニングコースのいたる所に自分勝手な名前をつけ、さもみんながそう呼んでいるみたいな口振りで話していた。赤いよだれかけをしたお地蔵様を「まっかっか地蔵」と呼び、赤

鎖びた吊り橋を「ボットン橋」と名付けたりしていた。みんなそう呼んどるん？と訊くと、彼女はシレッとして、ううん、アタシがつけたんだ、と答えるのだった。

慧の幼なさは、日常のいろんな間隙にフト顔を出したが、思いがけず大人びた物言いをする場面もあった。彼女のまなざしは、大人と子どものはざまを行ったり来たりし、絶えず明滅を繰り返していた。

彼女の肢体は、十分すぎるほど女であったが、そのまなざし故に、僕は手を触れることさえためらっていた。

慧の祖父は、僕のことを気にかける様子などこれっぽっちもなく、三十近い僕が、十八の彼女と一緒にいる事実を文句ひとつ言わずに受け入れていたのであった。

――そろそろ夏も過ぎようとしていた。八月の終わりの土曜日のことだった。僕は初めて慧の家に泊った。予定していたことではなく、夕方から大雨になって道路が通交止めになってしまったからである。高速も下道も全部ダメで、そうなると伊勢に帰る方法がなかった。

その日は珍しく車で新宮まで行って、帰りは鬼ヶ城で遊んだのだった。日中はカンカン照りで、さしもの慧も、アツーイを連発し、ソフトクリームを二つも食べた。それでも千畳敷の広大な岩場から絶壁を眺め、ここ登れるかな、などと言い出したので早々に退散したのだった。

それが夕方からたちまち土砂降りになった。所きらわず雷が落ち、その音を聞いた途端、慧は真っ青になって寺の台所の片隅で丸まって、耳を塞いでおののいているのだった。窓の外を閃光が走るたびに、ビクッと体を震わせているのが分かる。

「落ちるのは平気でも、雷は怖いんや」

からかって言ったら、

「トーノのアホ。怖いモンぐらいあるに決まってる」

と真顔で怒る。その頃から彼女は、僕のことをトーノと呼んでいた。多少ちぐはぐな感じはしたが、別段嫌でもなかったので呼ばれるままにしておいた。

「おじいさん迎えに行かんでいいかな」

彼女の祖父は五百メートル程向こうの壇家に行っていた。

「そうしてあげて」

うめき声に近いような声だ。

「そんなら慧はここに居な。俺一人で行くよ」

彼女は突然はね起き、

「ヤダ、一人にせんといてよ」

と叫んで僕の足に組みついた。すごい力で。

　僕は焦ってしまった。予想外の展開だった。ドラマなら、ここで見つめ合ってキスのひとつもするのだろうが、そうしたらその先一体どうなるのかすこぶる不安だったので、内心の騒乱はひた隠しにし、笑いながら、

「アツイからくっつくな」

と、その肩を押しのけたのだった。恨めしそうに僕を見上げた彼女は、

「オニ」

と一言つぶやいて、再び台所の隅っこに戻って小さくなっているのだった。

　彼女の祖父を迎えに行って三十分ぐらいで雷は鳴り止んだが、雨はなおさら激しく降り続き、ガラス窓に音をたてて横なぐりに吹きつけている。

　僕等三人は、たたみかけるような雨音の中、道の駅で買ってきたサンマ寿司で夕食を済ませた。

　僕が最後の一切れを口に入れた時、フッと電灯が消えた
「あっ、停電」

　慧は素早く携帯を出し、テーブルの上を照らした。三人の顔がもやっと暗闇に浮かんだ。慧

の祖父が言った。

「慧、電池出してこい」

慧は押入れから立て置き型の懐中電灯を出してテーブルの上に置いた。クーラーも止まってしまって、じわじわ暑さを感じた。居間にはクーラーはなかったので、慧の部屋のクーラーをまわし、それで冷気を居間に送っていた。時計を見るとまだ八時過ぎだ。

「仕方ないで、交替で風呂入って寝るか。遠野さん、本堂で寝るか?それとも慧が本堂で寝て、遠野さんがこっちで寝るか?」

「トーノが本堂」

すかさず慧が反応した。

「なんでさ」

僕が訊くと、

「一人じゃコワイ。あそこで葬式とかするしさ。それに白蛇おるしさ」

「シロヘビ?」

「そう。夜中にズルズル天井裏這《は》い回ってネズミ追い回すんだよ。三日に一匹ずつ食べられる」

「三日で一匹？」

「周期があるの。生理みたいなモン」

「生理ねえ――」

僕が首をかしげると、彼女はみるみる不機嫌になった。

「ホントなんだから。この前の朝、ドサッて落ちて来たんだ。ネズミ呑み込んでお腹プックリふくれてさ。今日は丁度三日目だよ。ビビッても知らんからね」

まさか、と僕は笑っていたが、

「本当です」

と彼女の祖父に言われて、心底ぞっとし、背中に冷や汗を滲ませた。

「一人じゃイヤだけど、トーノとなら一緒に寝てやってもいいよ」

慧は平然と言い放ち、僕は薄暗がりの中でひきつった笑いを返すのであった。

――結局、本堂には僕が寝ることになった。慧は板間に布団を敷きながら言った。

「仏様が怖かったら隣の畳の部屋に布団引きずってけば。ここが一番涼しいけどさ」

慧が出て行った後の本堂はガランと静まり返って空虚な感じがした。真っ暗ならまだしも、懐中電灯一個というのがかえってそれを際立たせている。アミダサマの肌が弱々しい光に、かすかに濡れたように光っている。それが何とも不気味だ。雨は小降りになったがまだシトシトと切れ間がない。

僕は電気を消した。すぐに圧倒的な闇がおおいかぶさってくる。目を閉じているのか開けているのか全然分からない。再び電池のスイッチをオンにする。今度は仏様が浮かび上がる。――僕はとうとう観念して布団を隣の部屋に移動させたのだった。そして、電池をつけっ放しにしてようよう眠りについた。

暑いな、と思って目を醒ましたのが、二時前だった。全く不意にそれは始まった。天井の奥から小さく小刻みに足音が聞こえてくる。ネズミだ。それも一匹や二匹ではなく、十匹以上の集団だ。それが一斉に右から左へ、あるいは左から右へ駆け抜けるのである。その音は近くになったり遠くになったりしながらそこいら中をかけずり回り、やがて乱れ始めた。そのうしろから、まるで着物の帯が床でこすれるような音がして、ネズミが逃げた方向にズルズルと移動してゆく。白蛇！そう思うと背筋がキーンと冷えて体が動かなくなった。僕はまばたきすら忘れて天井の格子を見上げ、耳をそばだてていた。ネズミの足音は波打つように大きく、そして小さくなり、帯のすれる音が速度を急激に増した。その音が真上に迫って来る。音がピークに達した時、ザッという大きな摩擦音の直後、チィイという哀し気な声が聞こえた。ネズミが一

四、たった今、蛇に呑まれたのだ。
それっきり時が止まり、静まり返ってしまった。しばらくすると蛇は天井裏の端に移動していった。やがてその音も聞こえなくなり、あたりは元の静寂を取り戻した。

僕は全身汗まみれになり、今起こった全部を細胞のひとつひとつにまで強烈に焼き付けていた。不気味を通り越して、呼吸を忘れてしまいそうだった。

その時、スウッとガラス戸が小さな音をたてて開いた。僕は思わず身を固くした。体が動かない。凝視した闇の中から、

「トーノ、トーノ、寝られる?」

と慧の声がした。返事をせずにいると、足音が近づいて来て、汗みどろの僕の顔をじいっと見下ろしている。

「オワッタでしょ」

小声でささやき、すぐ横にゴロンと仰向けになった。Tシャツと短パンという格好で。

「何しに来た」

僕は汗をぬぐい、やっとそれだけ言った。

「冷や汗だ。コワかったんだ」

慧がたまらなくおかしそうに笑い、僕の額にさわろうとした。僕はその手をパチンと払いのけた。

「痛いやん」

彼女は唇をへの字に曲げ僕を睨んだ。

「当たり前や」

慧は、フン、と言って立ち上がり、雨、上がったから開けるよ、と雨戸を一杯に開けた。

「トーノはこのクソ暑いのに平気なん？」

月の光がそこら一面になだれるように溢れた。ひとすじ風が吹き、冷ややかな空気が慧の足元を流れる。月の光は慧の体の右半分だけを鋭い青で照らした。

「ネズミ、食べられたでしょ。一匹だけ」

平淡なトーンで言う彼女の髪は凄みをもって光り、かすかに揺れた。僕は、その背中に視線を釘づけにされながら問うた。

「食われるのが分かっとるのに、何でネズミはここを出ていかんのさ」

「分かんないよ、そんなこと。アタシが落ちるの分かってて岩登るのと同じだよ」

慧は竹林の上にかかった月をはすかいに見上げて答えた。

「ネズミといっしょなんか、慧は」

彼女は静かに振り向き、まっしぐらに僕の目を見てつぶやいた。

「ネズミちゃんより可哀想かも」

静謐な空気の中で、その言葉だけが浄化されたみたいに僕の胸を打った。思惑をさしはさむことのできぬ瞬間は僕の体を金縛りにする。板間の下からコオロギの声が聞こえてくる。

「ここへ来てよ」

慧がだしぬけに言った。

「何でさ」

「膝の上に座らせてよ」

「俺のか？」

「トーノしかいないだろ」

僕の理性と呼ばれるカタチはそれを正面から否定したが、体は言葉に抗し得なかった。心の騒乱は消えていた。

僕は縁側に胡座をかいて座り、その上に慧をのせてうしろから抱いた。彼女の体の重みを初めてじかに感じた。海中から引き上げた時とは次元の違う重みがそこにあった。

彼女は僕の手を自分の胸に持っていった。その柔らかさに触れた途端、僕の脈拍は夕立にざわつく水面のように乱れた。手を引っこめようとしたが、慧の力は思いのほか強く、動かすことができなかった。

「星、見たいんだ。そのまま抱いてて」

「月しか見えん」

「いいの。少しは見えるから」

僕は目を凝らす。西の方の黒々と沈んだ山の上に、ポツンとひとつだけケシ粒のような星が見えた。慧の心臓は僕のそれより少し早い鼓動を刻んでいる。

「こうやってさあ、お父さんにだっこされてたんだ。小さい頃。もう灰も残ってないんだよ、どこ探してもさ。アタシが殺したんだ」

「どういうこと」

「二人で沢登ってて、アタシが足くじいたんだ。それで背負って降りてくれてた。今日みたいに雷が鳴ってた。百メートルぐらい先に雷が落ちた時、足を滑らせて落ちたんだ。それで──

──」

慧はそこで言葉を切り、ゆっくりと首をめぐらした。

「真っ青なんだ。そんときの記憶がさ」

僕はそうしなければならぬかのように彼女の唇を塞いだ。慧の喉《のど》の奥から風が吹き過ぎるような低い音が聞こえたと思った。唇には二回触れた。熱をもった唇だった。

「骨拾った時、つながんなかった。これお父さんじゃないって。何かどうしても信じられなくて。これ本当じゃないってさ。でも本当なんだよね。信じられる、トーノはさあ、もしアタシが死んだら、突然いなくなったら、それ信じられる？」

一気にまくしたてて、慧は大きく息を吸った。僕は彼女を抱く手をゆるめ、

「分からない」

と答えた。

「そうなってみないと分からない」

するとと慧は前を向いたまま、

「アタシさ、今とそっくりの場面、夢で見たんだ。海で落ちる夢も見たんだ」

「昔の記憶が残ってたんやないの？」

「ちがう。絶対ちがう」

慧の瞳に燃えるような光が宿るのを見た。僕はもう一度、慧にキスした。

彼女の体から手を放すと、慧の瞳は少しずつ冷めて、やがてスッと表情が消えた。

「どんな別れ方になってもアタシのこと忘れんといて。骨になってもさ」

僕の体の中の寂しさが、一気に形をもって吹き出し、僕は慧を思い切り抱いた。

「アタシ、きっと待ってたんだ。トーノをさ」

慧の腕は僕よりも細かったが、僕の肩を抱くその力は峻烈で、無碍《むげ》としか言いようのない瞳が、切り取られた時間をまっすぐ僕の胸に突き立てるのだった――。

慧はその日、僕の横で夜明け前まで眠り、部屋に帰っていった。慧は背中を丸め猫のように眠った。その姿はもう大人ではなかった。僕は一度だけ彼女の首筋に手を触れたが、慧がおびえたように体を震わせたのでそれ以上のことはしなかった。僕はなかなか寝つかれず、ずっと彼女の背中を見つめているのだった。

――目覚ましが鳴った時、寝ボケまなこであたりを見ると既に慧はおらず、毛布が僕の体に掛けてあった。いつしか眠ってしまったらしい。まだ四時半だ。少し肌寒かった。安心した僕は、それから七時までぐっすり眠りこけてしまった。

「起きなよトーノ。もう七時だぞ」

そう言われて目を半開きにすると、掃除機を手にした慧が立っていた。そして僕のことなどお構いなしに、ガーガー音をたてて掃除機をかけ始めた。たまらず僕はとび起きて布団をたたんだ。

「一宿一飯のお礼しなきゃ」

彼女はぞうきんを投げてよこした。

「祭壇の上拭いて」

「ぞうきんで」

「それ上拭きだよ。朝はコワクないやろ」

笑っている慧を尻目に、キンキラの祭壇を拭く。朝の光の中で見ると、仏様も、蓮の葉っぱも何の変哲もない人工物に思えた。こういう物は人の心を映す鏡なのかもしれない。ぼんやり考えていると、床を掃除機がけしていた慧がいつの間にか横に来て、

「お父さん」

と叫んだ。意味が分からなかったので、

「何?」

と叫び返した。

「私の、お父さん」

慧は掃除機のスイッチを切り、祭壇の奥の写真を指さした。山をバックにした三十代のたくましい男の遺影がそこにあった。涼し気なまなざしで笑っている。

「何で死んじゃうんだろうね、ヒトってさ」

慧は再び掃除機のスイッチを入れた。

「ネズミちゃんはネズミちゃんで辛いんだよ」

慧の表情は、今話していることにまるで無頓着に見えた。僕は手を止め、その口元をじっと見つめる。海では何回でも落ちられる、という言葉が形になって蘇った。

「どうしたん?」

キョトンとして彼女は僕の顔を覗き込んだ。

その顔を力まかせに引きよせ、いきなり唇を塞いだ。慧は首を振ってもがき、掃除機の吸い込み口で僕の股を突いた。

「アイタタタ」

僕は間抜けな声を上げ、とびのいた。

「トーノはスケベだ。キスは上手やけどね」

怒っているような笑っているような顔で睨まれて、僕は年がいもなく真っ赤になった。

「あーあ、お父さんに見られた」

　そう言って怒ってみせる彼女のうしろで遺影が静かに笑いかけていた。

　僕等は、心と体のアンバランスを時としてぶつけ合いながらも少しずつ深まりあっていった。小さないさかいはあったが、たいがいは僕が我慢することで平和のうちに過ぎていった。しかし、十月の初めにそれがとうとう破れた。

　いつものようにランニングコースをまわっている時のことだ。寺のすぐ近くの小道に祠《ほこら》があった。山の神でも祭ってあるのだろうが、慧はそれを白蛇神社と呼んでいた。その祠の奥は三十メートル程の崖になっている。ほぼ垂直な断崖だ。慧は祠の前で足を止め崖の上を指さした。

「あそこにさ、穴あるだろ。鳥がいるの分かる？」

　目を細めて見ると、少し大きめの鳥が二匹うごめいているのが見えた。トビではないしカラスでもなかった。

「ちょっと前までさ、親鳥がつがいでいたんだけど、この頃見かけないんだ」

「親鳥？　あれヒナか」

「そうだよ。普通の鳥より大きいけどね」

「たまたまおらんのやないの。慧が通る時に」

「そんなことない」

慧は口をとんがらせて反論する。僕は少しムッとして
「ずうっとここに立って見てる訳と違うやん」

と言い返した。慧は巣を見上げたまま言った。

「分かるんだ」

「何がさ」

「親はどっか行っちゃったんだ。白蛇に食われたんだ」

「まさか。あんな大きいの食えへんよ」

慧はプッと頬をふくらませた。

「この祠の裏に穴あるやろ。そこにでっかい白蛇が入っとるの見たことあるモン」

「お寺におる奴?」

「そうかもしれない」

「そうやとしても、あそこまでは登れんやろ」

「登るよ」

　慧は断言した。とりあえず僕は沈黙した。

するとと彼女は信じられないようなことを口走ったのだ。

「だから放っておいたらヒナが死ぬんだ」

　何が言いたいのかぐるぐる考えているさなか、

「アタシが飼う」

と、とんでもないことを言った。

「ハァ？　どうやってさ」

「あそこまで登ってヒナを連れてくるんだ」

「三十メートルはあるぞ。ヒナなんか持ってこれる訳ないやん」

「道具使えば登れる」

「アホか」

　慧は峻烈なまなざしで僕を睨みつけた。

「アホはトーノだ。ほっといたら死ぬんだよ」

「そんなら天井裏のネズミもみんな助けてやれよ。白蛇殺してさ」

「そんなの屁理屈だ」

「わけわからんのはお前の方や」

とうとう僕は激高して叫んでしまった。

慧は燃えるような瞳で僕を一瞥し、いきなり崖に取りついたのだ。そして、あっという間に三メートル近く登ってしまった。僕は怒り狂いながらも驚いて慧のあとを追い、彼女の肩を鷲掴みにした。

「さわんな」

「降りろ!!」

二人同時に叫んだ。僕は慧の首根っ子を押えて引きずり降ろそうとし、そうはならじと彼女は肩を激しく揺すった。三十秒程の争いの果てに、僕らは二人とも絡まるように滑り落ち、祠の横になだれ落ちた。左肘が痛かった。慧も腕をあちこちすりむいて血だらけだった。しかし、声ひとつあげなかった。

「落ちたら痛いんじゃ。いつになったら分かるんや」

僕は押し殺した声でそう言い、慧にハンカチを投げて渡した。慧は胸で大きく息をし、ハンカチを睨みつけている。

郵便はがき

料金受取人払郵便

名古屋中局
承認

9014

差出有効期間
2026年9月29日
まで

460-8790

101

名古屋市中区大須
1-16-29

風媒社 行

注文書◉このはがきを小社刊行書のご注文にご利用ください。

書　名	部数

郵便振替同封でお送りします（1500 円以上送料無料

風媒社 愛読者カード

書　名

本書に対するご感想、今後の出版物についての企画、そのほか

お名前　　　　　　　　　　　　　　　　　　　　（　　　歳）

ご住所（〒　　　　　　　）

お求めの書店名

本書を何でお知りになりましたか
①書店で見て　②知人にすすめられて
③書評を見て（紙・誌名　　　　　　　　　　）
④広告を見て（紙・誌名　　　　　　　　　　）
⑤そのほか（　　　　　　　　　　）

＊図書目録の送付希望　□する　□しない
＊このカードを送ったことが　□ある　□ない

風媒社 新刊案内

2024年
10月

寝たきり社長の上を向いて

佐藤仙務

健常者と障害者の間にある「透明で見えない壁」を壊していくため挑み続ける著者が、自身が立ち上げ経営する会社や未来をひらく出会いの日々を綴る。

１５００円＋税

近鉄駅ものがたり

福原トシヒロ 編著

駅は単なる乗り換えの場所ではなく、地域の歴史や文化への入口だ。そこには人々の営みが息づいている。元近鉄名物広報マンがご案内！

１６００円＋税

名古屋タイムスリップ

長坂英生 編著

おなじみの名所や繁華街はかつて、どんな風景だったか？全１２８カ所を定点写真で楽しむ今昔写真集。昭和１００年記念出版。

２０００円＋税

〒460-0011
名古屋市中区大須 1-16-29
風媒社
電話 052-218-7808
http://www.fubaisha.com/
[直販可　1500円以上送料無料]

名古屋で見つける化石・石材ガイド
西本昌司

地下街のアンモナイト、赤いガーネットが埋まる床……世界や日本各地からやってきた石材には、地球や街の歴史が秘められている。

1600円＋税

ぶらり東海・中部の地学たび
森 勇一／田口一男

災害列島日本の歴史や、城石垣を地質学や岩石学の立場から読み解くことで、観光地や自然景観を〈大地の営み〉の視点で探究する入門書。

2000円＋税

名古屋からの山岳展望
横田和憲

名古屋市内・近郊から見える山、見たい山を紹介。山の特徴やおすすめの展望スポットなど、ふだん目にする山々がもっと身近になる一冊。

1500円＋税

名古屋発 日帰りさんぽ
溝口常俊 編著

懐かしい風景に出会うまち歩きや、公園を起点にするディープな歴史散策、鉄道途中下車の旅など、歴史と地理に詳しい執筆者たちが勧める日帰り旅。

1600円＋税

愛知の駅ものがたり
藤井 建

数々の写真や絵図のなかからとっておきの1枚引き出し、その絵解きをとおして、知られざる愛知の鉄道史を掘り起こした歴史ガイドブック。

1600円＋税

伊勢西国三十三所観音巡礼
◉もう一つのお伊勢参り
千種清美

伊勢神宮を参拝した後に北上し、三重県桑名の多度大社周辺まで、39寺をめぐる初めてのガイドブック。ゆかりの寺を巡る、新たなお伊勢参りを提案！

1600円＋税

写真でみる 戦後名古屋サブカルチャー史
長坂英生 編著

ディープな名古屋へようこそ！〈なごやめし〉だけじゃない名古屋の大衆文化を夕刊紙「名古屋タイムズ」の貴重写真でたどる。

1600円＋税

愛媛県歴史文化博物館 編
予の海上交通、四国遍路をめぐる物語…… １６００円＋税

古地図で楽しむ駿河・遠江
加藤理文 編著
古代寺院、戦国武将の足跡、近世の城とまち、災害の爪痕、戦争遺跡、懐かしの軽便鉄道……。 １６００円＋税

古地図で楽しむ三重
目崎茂和 編著
江戸の曼荼羅図から幕末の英国海軍測量図、「大正の広重」吉田初三郎の鳥瞰図…多彩な三重の姿。 １６００円＋税

岐阜地図さんぽ
今井春昭 編著
観光名所の今昔、消えた建物、盛り場の変遷、飛山濃水の文学と歴史……地図に隠れた岐阜。 １６００円＋税

古地図で楽しむ岐阜 美濃・飛騨
美濃飛騨古地図同攷会／伊藤安男 監修
多彩な鳥瞰図、地形図、絵図などをもとに、地形や地名、人々の営みの変遷をたどる。 １６００円＋税

明治・大正・昭和 名古屋地図さんぽ
溝口常俊 監修
廃線跡から地形の変遷、戦争の爪痕、自然災害など、地図に刻まれた名古屋の歴史秘話を紹介。 １７００円＋税

古地図で楽しむなごや今昔
溝口常俊 編著
絵図や地形図を頼りに街へ。人の営み、風景の痕跡をたどると、積み重なる時の厚みが見えてくる。 １７００円＋税

古地図で楽しむ尾張
溝口常俊 編著
地図をベースに「みる・よむ・あるく」――尾張謎解き散歩の勧め。ディープな歴史探索のお供に。 １６００円＋税

古地図で楽しむ三河
松岡敬二 編著
地域ごとの大地の記録や、古文書、古地図、古絵図に描かれている情報を読み取る。 １６００円＋税

古地図で楽しむ近江
中井均 編著
日本最大の淡水湖、琵琶湖を有し、様々な街道を通して東西文化の交錯点になってきた近江。 １６００円＋税

地図で楽しむ京都の近代
上杉和央／加藤政洋 編著
地形図から透かし見る前近代の痕跡、あったかもしれない景観、80年前の盛り場マップ探検。 １６００円＋税

古地図で楽しむ金沢
本康宏史 編著
加賀百万石だけではない、ユニークな歴史都市・金沢の知られざる姿を読み解く。 １６００円＋税

◎好評発売中

迷い鳥［新装版］ロビンドロナト・タゴール
川名澄 訳 ◉タゴール詩集
アジアで初めてのノーベル文学賞に輝いた詩聖タゴール。1916年の日本滞在にゆかりのある珠玉の英文詩集、初版英文テキストを併記した完訳版。 1800円＋税

ギタンジャリ［新装版］ロビンドロナト・タゴール
川名澄 訳 ◉タゴール詩集 歌のささげもの
アジア初のノーベル文学賞を受賞したインドの詩人タゴールの自選詩集を、はじめてタゴールを読むひとにも自然に届く現代の日本語で翻訳。英文も収録。 1700円＋税

わたしは誰でもない エミリ・ディキンスン
川名澄 訳 ◉エミリ・ディキンスンの小さな詩集
時代をこえて、なお清冽なメッセージを発しつづけるエミリ・ディキンソンの詩。そぎ落とされた言葉に、永遠への願いがこもる。新編集の訳詩集。 1500円＋税

ウィシュマさんを知っていますか？ 眞野明美
◉名古屋入管収容場から届いた手紙
入管で亡くなったスリランカ人女性ウィシュマ・サンダマリさんが残した手紙。彼女の思い描いていた未来はなぜ、奪われたのか。安田菜津紀さん推薦！ 1200円＋税

障害者たちの太平洋戦争 林雅行
◉狩りたてる・切りすてる・つくりだす
視覚・聴覚障害、肢体不自由、知的障害の人々はいかに戦時体制に組み込まれ、積極的または消極的に動員されていったか。 1800円＋税

悲しむことは生きること 蟻塚亮二
◉原発事故とＰＴＳＤ
原発被災者の精神的な苦悩は、戦争被害に匹敵する。原発事故直後から現地の診療所で診察を続ける著者が発見した、被災地を覆う巨大なトラウマの存在。 1800円＋税

驚愕！　竹島水族館ドタバタ復活記
小林龍二（竹島水族館館長）

さまざまな改革をおこない入館者数のV字回復をみせた愛知県蒲郡市・竹島水族館のドタバタ復活物語。

2024年10月増築グランドオープン！　1200円＋税

認知症の人間学　中村博武
◉認知症の人の内面世界を哲学から読み解く

誤解に満ちた固定観念から離れて、哲学的視座から認知症の人の内面世界を見直し、認知症とともに生きることの意味を問う。　1800円＋税

ひとりでは死ねない　細井順
◉がん終末期の悲しみは愛しみへ

穏やかに人生を振り返るために何が必要なのか。長年病者の苦しみに触れてきたホスピス医が贈る〈悲しみの先にある豊かな時間〉。　1600円＋税

私たちの表現の不自由展・その後
表現の不自由展・その後をつなげる愛知の会 編

このままでは、終われない！　あいつぐ妨害や嫌がらせに屈せず、中止された〈表現の不自由展・その後〉再開をもとめて行動した市民たちの記録。　1500円＋税

みどりや主人の大正・戦前昭和　嶋村博
◉スクラップ帳が語る庶民史

パンデミック後の大正・戦前昭和は「戦争の時代」へと進んだ。そうした時代の庶民の気分を、一個人が残した百五十冊のスクラップ帳から読み取る。　1800円＋税

明治・大正・昭和
愛知の名所いまむかし　岩瀬彰利 編著

伝統的な名勝地から現代の待ち合わせスポット、失われた名所まで――。にぎわいの背後にある地域が記憶する秘められたストーリーを読み解く。　1800円＋税

家康VS秀吉　小牧・長久手の戦いの城跡を歩く　内貴健太

小牧・長久手の戦いのすべてがこの一冊にある。城跡や古戦場など、ゆかりの地を訪ね歩き、地域の伝承なども盛り込んで、その実相を立体的に解き明かす。　2200円＋税

穂の国探究　大塚耕平
◉語り継ぎたい東三河の歩み

古代から現代に至るまで、東三河の豊かな文化遺産と繁栄を築いた人々の足跡を追いながら、東三河の魅力と可能性に迫る一冊。　1600円＋税

名古屋から消えたまぼろしの川と池
前田栄作

今はなき水辺の面影を求めて――。ビルの建ち並ぶ繁華街や多くの自動車が行き交う道路にも、かつては長閑な田園が広がり、水を湛えた川や池があった。　1700円＋税

英傑会の謎　大竹敏之
◉名古屋まつりを彩る郷土三英傑

名古屋まつりのメインイベントである郷土英傑行列と三英傑経験者の集まり「英傑会」を中心に紹介し、三英傑と名古屋人の熱い思いの源を再発見する。　1500円＋税

星ひとつ
藤原伸久

喪失と邂逅をめぐる、せつなくて、ほろ甘い愛の物語。「まほろば賞」優秀作選出の「黄昏の朝」、登山を舞台にした表題作を含む連作を収録した小説集。　1500円＋税

ストック・シェアリング
井澤知旦／名古屋学院大学社会連携センター編集委員会 編

コミュニティに蓄積する空間・時間・情報などの〈ストック〉を、地域等のマネジメントを通じてシェアリングし、地域課題の解決と新たな価値の創出を図る。　2500円＋税

小さな町の教育長
北川昌宏

広がる格差、形骸化する理念。変容する学校と疲弊する教員たち。愛知県で一番小さな町から〈教育〉のこれからを考える。　1500円＋税

大逆の僧　高木顕明の真実　大東仁
◉真宗僧侶と大逆事件〈新装版〉

「大逆事件」に連座し死刑判決を受けた高木顕明。差別撤廃、廃娼、反戦に取り組み人々の尊敬を集めた僧侶は、いかにして〝大逆の僧〟に仕立てられたのか。　1800円＋税

「来い！」

血だらけの手を引っぱり、どんどん川の方に連れて行った。ハンカチを水に浸し、傷口を拭いた。血のわりには大したことはないようだった。慧はまだ一言もしゃべらない。

「まだ登るつもりか」

慧は黙っている。

「どうしてもと言うなら――」

低い声で僕が話し出すと、初めて彼女は顔を上げた。

「どうしてもお前が登るというなら俺が登る。お前がビレーしろ」

「無茶言うな」

「慧がメチャクチャなんや、何もかも。俺もつき合う」

「無理だよ」

「来週の日曜に登る。土曜日にビレーの練習してから登る」

「ヒナが死ぬ。その間に死ぬ」

「死なない！」

慧は黙りかけたが、必死で言葉をつないだ。

「もし——死んでたら？」

「二度と慧とは会わない」

僕は彼女の瞳を見据えて言った。

慧は身じろぎもせず、息を止めて僕の言葉を聞いていた。

「……いやだ」

「もう決めた」

「いやだ」

「俺が決めた。慧は意見する権利がない」

意志の力で初めて慧を圧倒した。

「カラビナも、ハーネスも用意しろ。土曜日に使い方を教わる。それまでは絶対登るな」

慧は答えなかったが、瞳に否定の色はなかった。

陽は西に傾き、空はすでに力強さを失いかけてはいたが、まだその奥に昼の名残りを映していた。
二、三日経って、慧が携帯でヒナの写真を送ってきた。元気だということだ。図鑑で調べたら、どうやらチョウゲンボウという鳥らしい。春から初夏に岩穴に産卵し、ヒナを育てるとあった。しかし、どう考えても慧の考え方は突飛で理屈に合わない。親鳥を見かけなくなってかなりたつのにヒナが元気だということは、親鳥が必ずいるということである。ヒナはまだ飛べないのだから。巣立ちのために親はワザとヒナに接する時間を減らしているのではなかろうか。僕も僕で、一週間後というのは無茶な話である。けれど、僕が形だけにしろ登らなければ、彼女はいつか暴発し危険を冒すだろう。ほとほと死に無頓着に見えて、本当はどこかで怯えている。ありったけの無謀さでそれを埋めようとしているのだ。そうして埋め切れずに剥き出しの自分を理不尽さの中で見せるのだ。理不尽だと分かっていてもそれを食い尽くし、吐き出すまで納得しないのだ。彼女の行動を非難し、かつ心を痛めてもどうしようもないことなのである。慧そのものになってしまうしか僕の心の中に凪が訪れることはありえないとようやく気づいた。だから僕は登ろうと思ったのだ。

――土曜日に早朝から浜に行って、慧に道具の使い方を習った。基本的な動作は大体分かっていたので、二回岩壁に宙吊りになった以外は案外うまくできた。

「いい、全部足からだよ。ハシゴだってそうだろ。手から先に動かしたらいかんの。休む時はさ、腕伸ばして休むの。縮めると力いるでしょ。ムーブ、レスト、ムーブ、レストの繰り返し」

慧が岩にはりつき、ぐんと上半身を起こす。澄み切った秋の空にその体が見事にV字を描いて壁に佇立する。彼女はそこにただ力強く佇んでいる。それ以外の何物も伝わることはない。余計な物は何ひとつない単純すぎる美しさだけがそこにあった。

土曜日は海に落ちることもなく、夕方には寺に引き上げた。その日は寺に泊まり、翌朝岩を登るつもりであった。

その晩、僕は母屋の居間で寝た。居間と慧の部屋は隣あわせになっていたので、慧は部屋のドアを開けっ放しにして、布団をドアの所まで引っ張ってきてそこに寝た。慧の頭が一メートルぐらい先にあった。

慧は寝付くまで何やかやと話しかけてきた。

「あの写真撮ってから、巣、見に行ったん？」

僕はボソッと尋ねた。

「行ってない」

「何で」

「何でってコワイもん。死んでいたらイヤだ」

「それを知るのがコワイ？」

「うん。アタシのコワイもん知ってる？」

「カミナリ」

「それもやけど、もうひとつあるの」

「何？」

「——トーノ」

「俺？」

「うん——」

「何で？」

「居なくなりそうでコワイ。自分の前から誰かがいなくなるのがコワイ」

僕は口を閉ざした。胸が苦しくなった。

「人を、誰かを待つことがあってもいいよね。こんなアタシでもさ」

僕は天井の豆電球を見つめ、そして言った。

「慧、手、出せ」

「手？」

彼女は腹ばいになってそろっと右手を伸ばし、僕はその手を握った。

「あったかいな」

「アタシの手、温《ぬく》い？」

「スキマが詰まってくってカンジや」

「何それ？」

「物理学。慧の好きな。電子が伝わる」

「引き合う力？」

「そんなカンジ」

慧はフフッと笑って、おやすみ、トーノと言った。おやすみ、ネズミちゃん、僕はそう言い、手を握ったまま目を閉じるのだった。

——夜明け前の空に星はなかった。小暗い森にはもやが薄くかかっている。森は静寂に満たされているけれど、その隅々に力を秘めたまま朝に向かいつつあった。

慧がハーネスをつける。カラビナの触れ合う音だけが静けさの中で澄んだ金属音を響かせている。僕も準備に没頭する。

「バックル、折り返した？」

鋭い視線で慧が覗き込む。

「折り返してないじゃない。抜けたら死ぬよ。下は海と違うんだよ」

慧は怒ったように近づき、ハーネスのベルトをバックルの所で手際よく折り返した。

僕は壁を見上げる。はたして登れるのか。

「トーノ、ビレー準備するよ」

慧の声が思考を断ち切った。彼女は祠のすぐ近くにある椿の木にセルフビレー（自己確保）の支点を作った。ハーネスにロープを結び、支点と連結させ、メインザイルを腰につけているエイト環に通す。メインザイルの上方は僕のハーネスにつながっている。

夜が明け始めた。川向こうの里山から陽が登ってくる。低い空がしらしらと光を放っている。

「曙光だよ。トーノ」

「ショコウ？　ショコウって何」

慧はあきれたように笑うと、

「家帰って辞書引きなよ」

と僕の顔を見上げて言った。僕の気持ちが少し落ちついた。

「登るよ」

ヘルメットをかぶり直す。ヘルメットは一つしかなかったので僕だけがかぶった。

「練習通りだよ。昨日の感覚で登るんだよ」

「分かった」

僕は右手を一メートル上の岩の出っ張りに掛け、右足を最初の岩棚に乗せた。左手を伸ばしクリンプし、三点を確保しながら、左足をさらに上部に引き上げてゆく。この前争った所までは何なく登った。ほぼ垂直だがホールドはいたる所にある。慧の方を見ると、僕の動きに合わせてロープをエイト環からじりじりと繰り出している。

「よそ見しちゃダメ。落ちるよ」

慧が怒鳴った。再び岩と相対する。

朝陽が射し始め、くっきりと壁の凹凸が浮かび上がった。巣穴まで約二十メートルちょっとある。巣穴に鳥の気配はない。嫌な予感がした。それを振り払うように、一本目のハーケンを七メートルの地点に打った。ランニング（中間支点）は確保できた。ハーケンにカラビナを通し、ロープを掛ける。ここまでは百点満点だ。さらに上をめざして次のムーブを起こす。つま先をわずかなフットホールドに乗せ、右手の指先をクラック（岩の割れ目）に突っ込みガッチリ摑む。さらに右足を体に思い切りよく引きつけ、上半身をよじり上げる。下を覗くとかなりの高度感を感じた。約十メートル。まちがいなく僕が生まれてこの方登った最高地点だ。さすがに緊張して足が震えた。やはり怖いものだ。

「下見るな、壁だけ見て」

すかさず下から声がとぶ。心の中を見すかした絶妙のタイミングだ。もう一回気合を入れた。十五メートル地点に二本目のハーケンを打ち、そのすぐ上二メートルに三本目のハーケンを打った。そこから僕の足はピタリと止まってしまった。ホールドが極端に少なくなって、細いリスや、幅二センチ程度の足場しか見あたらないのだ。この高さでそんな狭い場所に足を乗せることは、シロウトの僕には厳し過ぎる。陽光がまともに当たり出し、暑さを感じた。汗が額に滲む。慧ならもっと楽に登るだろう。でもそれでは意味がないのだ。ヒナを持って帰ろうなんてハナから考えていない。慧もそんなことは本気で思ってはいないだろう。激情にまかせて口から出たことだ。しかしその激情を形にするために僕は登らねばならない。慧そのものになるために登らねばならないのだ。バカげたことだ。大荒れの海で岩壁にへばりついているのと同じぐらいバカげている。だが、それはもう問題ではない。

上だ。上しかない。ムーブを起こした直後、左足を踏みはずした。背筋に悪寒が走るのと落下が始まるのが同時だった。ゆっくりと、そして急速に僕の体は無になった。最上部のハーケンがものの見事に抜けとぶのが見えた。ロープがだらりと緩み、僕の体といっしょに落ちていく。次の瞬間、強烈な衝撃が来た。額に閃光にも似た痛みが走り、僕は気を失った。

――気がつくと、僕は宙吊りになっていた。額から血が流れ、唇の横で溜ってトロんでいる。一本目のハーケンは抜けたが、二本目のハーケンが僕の体を受け止めたのだ。

慧は必死に両足を踏んばりロープを握りしめている。

「トーノ！　大丈夫?!」

絶叫に近い。ぼうっとしていた意識が次第にハッキリしてくる。額に手をやる。たいしたことない、そう自分に言いきかせた。

「騒ぐな」

僕は手近な岩を摑み体勢を立て直した。流れ落ちる血液がしょっぱかった。

不思議なことに今まで感じていた、高さに対する恐れはきれいさっぱり消えていた。登れる。

そう思った。

「降りて来て!!」

慧が声を荒げた。僕は無視して、岩を摑んだ手にぐっと力を込める。

「降りろ!!」

カン高い声が空に突き抜けてゆく。

「ロープ伸ばせ」

僕は下に向かって叫んだ。

「アホ」

「伸ばせ」

「イヤだ」

ひきつった表情で彼女は叫び、それでも少しずつロープを伸ばした。それは体にしみ込んでしまった動作なのだ。感情など関係ないのだ。もはや反射なのだ。

僕は突然別人になり、高度をものともせずぐんぐん登って行った。意識も体もゼロになったように登って行った。手も足も今までとは別物のように自在に動いた。僕の中で何かが目をさました。目だけが正面切って岩と向かいあっている。ひとつのホールド、ひとつのステップ、それらを夢中で探している時、頭の中の思惑はすべて消え去っていた。岩しか視野に入らない。登っている時は確かに一人切りなのだが、そういう感覚すらおぼろな気がした。自分の輪郭が無くなったような気にさえなった。そして、ムーブを起こした時、肉体だけが一気に形を持った。体をよじり上げる一瞬の重力が僕の体を明確に輪郭づけるのだ。登るためだけに登る、その意味がようやく理解できた。慧は、自分の存在を忘れるために岩を登り、そして、自分の輪郭を取り戻すために岩を登っていたのだ。

その時、確かに僕は思った。人の命など口で言うほど重くも軽くもないんだと。その重くも軽くもない命を、僕等は一本のザイルでつないでいる。つなぐことで僕等は二人分の命の重さを背負わねばならないのだ。

僕は重力にさからい続ける。身をよじり、指先を最後のクラックにねじ込む。腕時計の文字盤が目に入る。秒針は動き続けている。午前七時十七分五十秒だ。

左手が巣穴に掛かった。振りあおぐと青空が美しかった。

――その時、真っ黒い物がいきなり巣穴から飛び出し、眼前をよぎり、宙空に向かって駆け登って行った。二つだ。バサッという羽音が空気を切り裂いた。

僕は突然の出来事に息を止め、体を固くして身構えた。鳥？　そうだ、鳥だ。

「何？どうしたの」

慧が叫んだ。見上げる顔が白く見えた。

僕は首をめぐらして斜めうしろの空を見た。二羽の鳥が竹林のはるか上方をゆるやかに舞っている。チョウゲンボウだ。巣穴を覗くと、ところどころに羽根が落ちているだけでもぬけのカラだった。ヒナは巣立ったのだ。

「ケイ！」

二羽の鳥を見つめたまま、僕は大声で怒鳴った。

「何？　鳥は？」

慧が問い返す。

「俺の勝ち」

僕は下に向かって、汗まみれの笑顔を見せた。そうして、竹林の上を指さした。

慧は、とてもゆっくりと振り返った。

僕の右手は、さっき打った最後のハーケンを握りしめている。それは自分自身で打ち込んだまっさらな標識《タグ》だ。この瞬間に更新された自分自身の形だった。

二羽の鳥は、炸けるように輝き始めた太陽の光の中で、音もたてずに舞っていた。

陽は登ってゆく。もはや暮れてゆくためではなく、真昼の輝きをもう一度手にするために。

ミトコンドリア

夕暮れ間近の街並みはほのかに小暗く、曇りがちの空の湿っぽさが肌に絡みつくようだった。夜の始まりに向かう空気がなんとなくだらけた雰囲気を醸し出し、その中を四、五匹のコウモリが、道すれすれに、あるいは屋根の上にと、高く低くせわしなく舞っている。どこかの交差点で、歩行者用の信号機がカン高い音を明滅させ、街中に響き渡る勢いで夕闇そのものを震わせていた。

何もかもがけだるかった。体が重い。運動もせず、毎日毎日パソコンに向かっているのだから当たり前といえば当たり前なんだろう。それにこの梅雨空は体に良くない。

何ともどんよりしたこの気持ちが一時的な代物であることは知っている。毎年六月のいっときだけ決まって胸の内に灰色っぽい正体不明の固まりが姿を見せ、心の一角に居すわるのだ。それはいやらしいドロドロの液状の形ではなく乾いた化石に近い。灰色の化石だ。形骸だけの化石…。そんな形容がピッタリはまる。

大通りを少し歩き、こぢんまりとした短いアーケード街を抜け、山手の方に曲がると狭苦しい路地裏に出る。路地を一分ほど進むと小さな神社に突き当たる。正面に白い鳥居がぽつんと佇み、青白い街灯の光に照らされ、笠森神社と書かれた朱塗りの扁額《へんがく》が影をはらんで見えた。しばらくの間歩みを止め鳥居の前に立ち、奥の方に目を凝らす。鳥居のすぐ向こうに手水舎があり、その左に小さな家一軒分ぐらいの大きさの拝殿が見える。拝殿のうしろにこの場には不釣合いな巨大な樟《くすのき》が夕暮れの空に黒々としたシルエットを刻み込んで佇立している。多分樹齢五百年ぐらいだろう。あまりにも堂々とした姿は見る者を圧倒するが、そこに威圧感はみじんもない。木はただありのままその場所に立っているだけだ。そんな思惑を、見上げる人間に感じさせるほど、凛《りん》として、ただそこにある。

木は語りはしない。変わらず佇んでいるだけだ。それは化石のようだった。生きたままの化石…。

湿った風がひと吹きし、肩で切りそろえた髪を揺らして路地を吹き過ぎていった。枝の葉がいっときさざめく。セピアの森の遠くで、忘れてはその都度芽を吹き返すかすかな疼痛が歌いかけてくる。化石のアンモナイトの殻の中の風のようだ。

そうだ。二十八年前、私の心の化石はここから始まったのだ——。

その古本屋はアーケードを抜けたすぐの路地の入り口にあった。商店街にたどり着くまでは駅から煩雑な家並が続き、家々の軒と軒がくっつき合うほどの稠密さを見せているが、アーケード商店街の西側はそれとは少し変わった様相になる。閑散としている訳では決してないが、寺や小さな神社がポツリポツリと建っており、それらの隙間を埋める形で、住宅と公園と森が点在していた。

古本屋の店先には薄汚れた立て看板があり、下手な字で、古書・古地図・Q館堂と書かれていた。小学校五年の時、初めて看板を目にした時はひどい違和感を持ったのを覚えている。早熟で何にでも好奇心を持っていたので、たいがいの字は読めたが、それでもこの看板だけはさすがにどう読んでいいのか迷った覚えがある。

キューカンドー。そう読むのだと知った。それにしても、アルファベットと漢字がごちゃ混ぜで、何なんだ、コレ?とウソいつわりなく思った。家に帰ってから父に訊くと、

「ヒマなんやろ。お客が来《け》えへんからな」

と鼻で笑って言ったが、その意味するところが分からなかった。のちのち考えたら、休館、休閑をもじって言ったのだろうと察しはついたが、その時は首をひねったものだ。

店の前には、車一台がようやく通れるぐらいの道があり、たまに軽トラがきゅうくつそうに車体をゆすりながら通り過ぎることもあった。店の真向いはひなびた安アパートで地元の大学に通う学生がよく出入りしていた。

店の間口は狭く、ガラス戸の傍らの軒下にはマンガのコミック本が野ざらしのまま山積みになっていた。それらは夕方になると店の中に片付けられるが、時々、店が閉まっていても出しっ放しの夜もあった。

アパートの横には児童公園があって近所の子どもが集まって遊んでいたが、Q館堂にはあまり近づくことはなかった。まれに何人かの悪童がマンガを店先でタダ読みしたり、何冊かくすねていったりしたが、中に入ろうとする子どもは滅多にいなかったのも事実だ。店の主《あるじ》は外に出て来ることもない。子どもたちのほとんどがその顔を見る機会すらなく、店主が一体どんな人なのか知る由もなく、また、知ろうという興味すら持たなかったと思う。ただ、幾人かの大学生や大人（大方は中年の親父連中）が、店に入って行くのを見かけることはあった。客がいない訳でもないんだ、などと思いながら、学校の行き帰りに、チラリとガラス戸の向こうに目をやる時もあった。しかし、たいていは気にもとめずに通り過ぎていた。客の出入りはあるとしても、古書やら古地図やらそんな得体の知れない物に無関心な子どもたちにとって、その一角は時間の止まった異次元空間というイメージしかいだかなかった。確かに音のない静かなスペースという気がした。だから多少の気味悪さも手伝って、私《あたし》は中二になるまで一度もその店の敷居を跨いだことがなかった。

細かい、霧のような雨が降る夕方だった。神社の樟の周りをコウモリが低く跳び回っていたのを覚えている。中間テストから一週間ほど経った金曜日だったと思う。その日、学校で数学と理科のテストが返された。理科は満点だったが、数学は見事に五十八点だった。どういう具合か、生物や科学には関心があり熱を入れて勉強するのだが、数学はてんでサッパリで勉強する気になれなかった。全く理解できない訳ではなかったけれど、気持ちがそっちに向かない。教科書なんかもいいかげんに読むのでケアレスミスも多かった。それで五十八点だ。自分自身はさほど気に病んではいなかったが、母に答案用紙を見せたら烈火の如く怒られたのだ。

私の父は開業医で、笠森神社から二百メートルぐらい離れた所で「木本《きもと》クリニック」を経営していた。父はもともと大学病院に勤めていたが、人間関係に嫌気がさしてそこを辞して、祖父のやっていた木本医院を継いだのだった。祖父は既に亡くなっており、両親と弟の四人家族だった。弟は母からみればチャランポランな性格だったので（私はそうは思わなかったが）、私を医者にして病院を継がせたかったらしい。

数学のテストを見せた途端、母の目が三角になり鬼の形相に豹変した。

「何なんこれ。勉強したの？」

語気も荒く母は迫った。何も返す言葉がない。目を反らさずに、してない、と答えると
「今が一番大事なんよ。分かっとんの！」

母の凝視がひどく憎々しげで胸に真っ黒な物が固まるのを熱をもって感じた。その反感を鋭く嗅ぎ取り、彼女は答案を机に叩きつけた。憎悪が胸にたぎる。爆発直前の感情を必死で押さえたが血は一瞬にして沸き返った。

「医者になんかならん。勝手に決めんな」

驚くほどの大声で叫び、あとはありとあらゆる罵詈雑言を吼え、まくしたてた。

母の目はまん丸くなり、口はポカアと開いたままだった。娘にこんなひどい言葉を浴びせられるとは思ってもいなかったのだろう。

もとより私は変わった子どもだった。人とはほとんどしゃべらないし、友達とも遊ばない。学校でも発表なんかしない。でも、正義感は強い方で、掃除も当番もサボッたことは一度たりともない。笑うことも少なく、人から変人扱いされていたけれど気にもとめなかった。友達は

校庭のタンポポであり、ブロックの下のダンゴ虫であり、アジサイの枝のカタツムリであった。こんな自分をいじめる者はいなかった。ただみんな私とは距離を置いていた。一回だけ、男子が「ヘンクツ王」とはやしたてた時、そいつの頭を理科のファイルで思い切りはたいた。ファイルはこなごなになり、そいつは呆然と立ちすくんだ。

自分の体の中には黒い狂暴な固まりがあり、ふだんは押さえつけられているのだが、何かの拍子にスイッチが入ると起爆装置に触れた爆弾が破裂したみたいに感情がはじけとんだ。何がそうさせ、何に押さえつけられているのか自分では皆目見当もつかなかったのだが――。

母は私を睨みつけ、

「何サマのつもりなの、アンタは!」

と、震える声で涙まじりに言葉をぶつけ返してきた。体が怒りと哀しみに満ちていた。

『引くな。あらがえ』、突然頭の中で声が反響した。何度も反響した。誰?と思った。

くるりと背を向けると、私は部屋を飛び出したのだった。待ちなさい、愛《あい》、うしろから母の声が呼び止める。でも、おかまいなしに階段を駈け降りた。

霧、が流れていた。傘なんかささずにずんずん歩いた。神社の前を通り過ぎ、公園のケヤキの木の下まで来てやっと立ち止まった。そうして何をするでもなくベンチに腰掛け、ぼうっと木を見上げ、ポツポツ増える街の灯を見るともなく眺めた。頭の中はカラというより砂漠だった。何で数学なんかやらなきゃいけないのか、何で人の行く末を勝手に決めていじくるのか。そんな不条理受け入れるもんか、心は強烈に反発した。今考えれば不条理でも何でもないことだが、少くともその時はそう思った。医者なんかにはならないと。

六時頃、雨が本降りになってきた。帰るもんかと思ったが、そろそろ服が濡れ始め寒さが身にこたえ始めた。

その時目に入ったのがQ館堂の看板と明かりだった。ガラス戸の向こうの明かりはやけに暖かそうに見える。自然に体が動いた。

ベンチから立ち上がり、店の方に歩いた。軒下で雨やどりしようかとも思ったが、思い切ってガタピシするガラス戸を開けた。

店には誰もいない。奥のカウンター（といっても、床の上に少々大き目の丸い卓袱台《ちゃぶだい》が置いてあるだけだが）の上にも三毛猫が寝ているだけである。三毛猫は顔を上げ、うさんくさそうにこっちを見て、それから大アクビをし、首を振った。チリチリと鈴の音がした。

「ハイハイ」という声が奥から聞こえ、大柄なヒゲ面の男がぬっくと暖簾をめくり上げて顔を出した。今までここの店主は相当の年寄りだろうと自分なりに想像していた。しかし、出てき

た男はどう見ても四十前ぐらいである。じっと目が合った。男はとまどうでもなく、全身をつくづく眺め、表情を崩さずに、

「ズブ濡れですねえ」

とのんびりした口調で言った。「雨が――」と言いかけて言葉をつなげずにいると、彼はちょっと首をかしげて外を見る。それから、ありゃあ、と叫び、慌ててサンダルをつっかけ、私の横を素早い動作で通り抜け、店先に山積みになったマンガ本を仕舞い始めた。ぼうっと突っ立っている訳にもいかず、片付けるのを手伝った。この人はどうやら独り身らしい。

「すみませんねえ。地獄に仏です」

何が地獄なのかよく分からなかった。でも、その言い草が妙ちくりんで思わず心が一瞬なごむ。

私達は薄汚れたマンガ本を次から次へと店の中に運び入れた。本はホコリとカビの臭いがし、男からは煙草の臭いがした。

全部本を仕舞い入れると、男は上り框《がまち》に腰を下ろして、フーと息を吐いた。

「何か本をお探しですか」

男はタオルで頭を拭き拭き言う。かなりドギマギした。雨やどりだなんて言えっこない。

「あの、生物学の本、ないですか」

口からでまかせを言った。全くのデタラメだ。

「細胞とか、遺伝子とか…」

嘘が嘘を呼ぶというのは本当だ。しかも、財布すら持ってないのに！

ふうん、細胞かあ、と男は何の疑いもない瞳を本棚に向け、奥の方にあるけど、と本棚の一角を指さす。示された所に目をやると、分厚い専門書ばかりだった。しかも、五千円とか六千円とか法外な値段がついている。唖然として体が棒立ちになった。古本なんて二束三文だと思っていた。その認識が一瞬で吹き飛んだ。頭の中の空白な回路をどうやってつなげようかと悶絶に近い思案をしていると、

「高校生？」

と、声を掛けられた。

「中二です」

正直に答えている自分を馬鹿だと思う。

「中学生なんだ」

やはり、のんびりした口調で男は言った。

「高いんですね」

やっとそれだけの言葉が返せた。

「そりゃ、専門書だもの」

男はヒゲ面をくしゃっと崩して笑う。

「しばらく待っててくれる？」

そう言いホラッとタオルを投げてよこした。自分の頭を拭いたヤツだ。

彼は部屋の奥に入って行き、ゴソゴソやっている。五分ぐらい待たされた。仕方がないので渡されたタオルで膝をぬぐっていると、あったあったと言いながら男が出てきた。

「これじゃダメかな？」

目の前にさし出されたのは『基礎の生物学』という本だった。手垢で少々黒ずんでいる。思わず一歩引いてしまったが、もうどうしようもなくて、どうせ高いのだろうと勘ぐりながら、

「おいくらですか」

とヤケクソで訊いてみた。

「タダ」

ぶっきらぼうに答え、彼はニヘッと笑った。笑うと目がなくなりそうなぐらい細い。

「えっ、何で」

「僕のだから。三十何年か前のだけど」

ハァ、と返したきり言葉が出てこない。何だかとんでもない展開になった。

「雨やどりして読んでけば?」

言われて心を見すかされたみたいで、

「読んだら返します。ありがとうございます」

と一礼して、踵《きびす》を返して一目散に逃げ帰った。

霧雨の中を走ってアーケード街に行き、わざと遠まわりした。アーケードの照明の下で本をよくよく見ると、手垢だけでなくいたる所に付箋が貼りつけてあった。裏表紙に「恩田久一」と書いてある。ヒサカズと読むのかキュウイチと読むのか考えながら歩いた。ふとページをめくると、一ページ目の余白にQ一と落書きっぽく鉛筆で記されているのを発見した。なるほど、キュウイチでQ館堂かと、その日初めて笑った。でも、三十数年前というと、あの人一体いくつなんだろうという疑問が頭の中でぐるぐる回りをした。四十半ばぐらいだろうか。それにしては若いなと考えた。まさか小学生の時に読んでた?それはないだろう…。本当にどうでもいいことばかりが頭の中で反芻する。ちょっぴりだけど楽しくなった。

とにかくこの本は全部読もうと妙に軽々しく決意した。そして間抜けにも、その時貸りたタオルを首に掛けたままであることに気づくのであった。

その日から母とは必要以外は口をきかなくなった。でも、憎んでいる訳ではなかった。私は毎日晩ご飯を食べると、すぐに部屋にこもって生物の本を読み耽った。おかしなもので、子どもが机に向かっていさえすれば、親というものは安心するらしい。母は時々覗きに来たけれど、何ひとつ文句は言わなかった。それもそのはずで、生物の本に数学の本のカバーをかけてあったから。他の教科の勉強は放たらかしで、とにかく一週間かけて『基礎の生物学』を読破した。高校生向けのものなので分からない部分もかなりあった。

私が特に興味を持ったのは、ミトコンドリアとシアノバクテリアという言葉だ。解説ではミトコンドリアはほとんど全ての生物が細胞内に持っており、呼吸をつかさどる。シアノバクテリアは光合成をする植物の先祖みたいなものであるということだった。シアノバクテリアを細胞内に取り込むことにより葉緑体が発生したと書いてあった。ミトコンドリアだけを持つのが動物で、ミトコンドリアも葉緑体も持つのが植物という分類である。ミトコンドリア、ミトコンドリアと口の中で何回も繰り返す。言葉の響きがどこか専門的な分野からくる心地良さを秘めている。美しい響きだと思った。

分からないところは辞書を引きながら読んだ。中学生用のチャチな辞書は通用しない部分もあり、父の書斎から勝手に大言海を借りてきて言葉を探しながら読んだ。

読み進めるうちに夢中になった。それにつれて次々と胸の内に疑問が湧き上がってくる。植物と動物はどう違うのか、生物とは何か、そういう境目はどこにあるのか。

世の中は、もうすぐバルセロナオリンピックが開催されるので盛り上がっていたが、そんなことおかまいなしに生物の本を夜遅くまで読んだ。テレビなんか見なかった。

本を借りてから一週間後の夜に全て読み終えた。最後のページのあと書きに、

学問をするということは模倣することではない。自分を知り、自分の住む世界を知ることである。そうすることにより、あなたはもはや一人きりではありえない。


とあった。言葉がこんなにも柔らかく、熱を持って胸を打つのだと生まれて初めて知った。

——次の日、学校は昼までだったので、帰り道にQ館堂に立ち寄った。今日はちゃんとカウンター（茶袱台）の前に座っている。やっぱりヒゲは剃っていない。ラジオから少年時代が流

れていた。思いきって声を掛けた。

「こんにちは。本を返しに来ました」

彼は、読みかけの新聞を茶袱台の上に置き、

「ああ、この前の」と少し驚いたみたいに言い、笑った。

「読んで役に立ちましたか」

「難しかったけど、面白かったです」

本を差し出すと、彼はそれを茶袱台の上に置いた。そしてパラパラとめくった。

「これ、洗いました。ありがとうございました」

タオルを渡すと、目を細め、照れ隠しのようにガリガリと頭をかいた。セットもしてないのか髪の毛は豊かなのにボサボサだ。白髪《しらが》はなかった。

「制服だと別人のイメージですね。この前は失恋でもしましたか」

当たらずとも遠からずだ。なかなか観察眼は鋭い。いえ、母に怒られて家を飛び出しただけです。と素直に答えた。

「また何で?」

「数学の勉強サボッたから――」

彼は大きな体を揺すって、ブハハハとはじけたみたいに笑い出した。少し憮然とした。

「ヘンですか」

「いや、ごめん、ごめん。ヘンじゃない。それで公園のベンチに座ってたんだ。ここは雨やどりのついでだ」

「知っとったの?」

「だって、喜久屋《きく》さんに晩飯のオカズ買いに行って帰って来た時見かけたもの」

赤面してしまった。全部お見通しだったという訳だ。つくづく私は間抜けだ。恥ずかしさついでに私は言った。

「オンダさんっていうの?　オンダキュウイチ」

「そう。みなQさんって言う。お客は」

「それでQ館堂?」

「それもあるけど、もうひとつある。ベトナムに行ってた頃、九官鳥飼ってた。そいつの名前がQすけだったの」

「ベトナム?　旅行ですか」

彼、Qさんは、旅行ですかねえ、と言って数瞬遠くを見る目つきになった。話しかけようとした時二、三人の大学生が入って来たので、Qさんは、いらっしゃい、と言い、私達の話はそれでお終いになった。

帰ろうとすると、いつでもいらっしゃい、数学ぐらい教えてあげますから、と声を掛けられた。

Qさんは左手をひらひらと振った。その時、小指と薬指がないことに気づいた。何かとんでもなく奇異な物を見たように感じた。知らず知らずのうちに凝視してしまった。彼は注がれた視線に気づいたのか、すっと左手を下げた。顔は笑ったままで――。

彼が大学生らしき人と談笑し始めたので、私は店を出てガラス戸を閉めた――。

家に帰る途中で運悪く同じクラスの宮畑に会った。奴は私の顔を見るなり、

「お前、学校の帰りに寄り道か。不良やん」

とズケズケと大声で言った。こいつは根は悪い奴ではない。ただ思いついたことを何でも口にするのでうざったい。奴は隣を歩きながら私の顔のすぐ横で、

「あのオッサン危ないらしいで。エンコ詰めしとったやろ。古本屋のオッサン」

と小声でささやく。

「エンコ詰め?」

立ち止まって思わず聞き返してしまった。

「指、なかったやろ」

彼は左手で自分の頬を斜めにはする。最悪のタイミングでその言葉を耳にした途端、感情が堰《せき》を切って破裂した。

「ウルサイ!」

宮畑は飛び上がって驚き、おお、コワっと言って逃げて行った。逃げるぐらいなら初めから言うな!私は胸の中で激しく毒づくのだった。

家に帰ってすぐに辞書(もちろん大言海だが)を引いた。

ヤクザなどが、謝罪や反省のために小指などを自分で切り落とし、意思表示をすること。おもに一関節を刃物で切り落とす。裁断機を使用することも可能である。

裁断機の件《くだり》を読んだとき背筋に悪寒がピッと走った。学校の職員室にある分厚い紙を切る道具だ。銀ピカの刃が目に浮かんだのだ。

Qさんの柔和な笑顔ととんでもなくおぞましい過去が想像の稜線でぐちゃぐちゃに絡み合って踊っている。でもまてよ、と考える。Qさんの左手の小指と薬指はきれいさっぱりなかったのを思い出したのだ。たかが古本屋のオヤジじゃないか、ともう一人の自分がたしなめる。そう、たかが古本屋だ。でも気になった。心の中がここらの言葉で「わやくそに」乱れた。過去なんてどうでもいいのに。

夕飯の時、唐突だとは思ったが、

「なんでヤクザの人は指詰めるの」

と父に訊いた。父は飲みかけのお茶を吐き出しそうになった。しかし、すぐ真面目な表情を取り戻して、

「それが人に対する誠意を表すからと違うか」

と答えた。私は納得がいかなかった。

「自分を傷つけることが?」

それに対して父は、ウーンと唸って何とも言葉を発しなくなった。そのかわり母が怒った表情で、

「愛、妙なことに首つっ込むのはやめなさい」

とこごとを言った。

「知りたいだけや」

文句を言ったら弟が、姉ちゃんそんなん知ってどうすんの、とちゃかしたので、その日二発

目の「ウルサイ！」をかますのだった――。

翌日の日曜日、図書館に行こうとして、自転車で出かけた。Q館堂の前を通りかかると、丁度Qさんが店先のマンガ本を整理しているのに出くわした。何も止まることないのに、自転車のブレーキを握り、カン高い停止音とともに急停車した。本当に人づき合いが下手で馬鹿みたいに正直で、胸にわだかまりを残しておくのが大嫌いでガマンできない私は、

「あの、Qさんって何か悪いことしたの？ ヤクザやったんですか」

と、昨日のモヤモヤを失礼などは顧みずに、一直線に白日のもとにぶつけていた。全く宮畑と何のかかわりもなかった。

「ヤクザ？」

Qさんは少しの間ボケッと私を見つめていたが、ふと思い当たったらしく、ああ、と笑い、

「指ですか」

と、梅雨晴れの明るい空に左手をかざした。それから一呼吸おいて、左手を見ながら、

「ふっとびました。Qすけといっしょに」

とつぶやくのだった。――Qすけ？ 何それ？

「ふっとぶ?」

「ベトナムで――」

「ベトナム…」

「そう、ベトナム戦争、知ってますか」

私は自転車からおりた。

「店の中に入りますか? もしヒマなら」

明日までに調べなければならない課題があったが、それは頭のすみっこに押しやって、「ハイ」と答えていた。この人は見知らぬ人間を素直にさせてしまう何かがあるんだなと子ども心に感じた。

「言っとくけど、僕はヤクザにも暴力団員にもなったことはないよ。でも、もっと、もっとそれとは比べ物にならないような非人間的な世界に居た時がある」

ごくっと生唾を呑んだ。入りなさい、と促されて、私は自転車を店の横の路地に止め、店の中に入った。

「まあ、お座りなさい」

彼は茶袱台の前に丸イスを出してすすめる。そして、自分は一番奥の本棚から一冊の大型の写真集を引っ張り出し、私の目の前に広げた。

「これは私の撮った写真集。今では絶版ですけど」

表紙には、『恩田久一　戦場という日常』と赤い字で書かれている。

「カメラマンだったんです。従軍カメラマン」

「従軍カメラマン？」

「軍隊と行動をともにしながら写真を撮り、報道するのが仕事です」

「軍隊？　どこの軍隊？　自衛隊？」

Qさんはアハハと声をたてて笑った。

「自衛隊ではないです。米軍、アメリカ軍です。私、東京日報の記者で臨時特派員だったんです。一九六七年の十一月にベトナムに行きました。ベトナム戦争の詳細はあとで本を貸してあげるから勉強しておいて下さい。そのベトナム戦争を取材してたんですよ」

めくられたままの写真集にじっと目を凝らす。破壊されたビルの瓦礫、黒い血の跡が染みついた道路、そこに無雑作に転がる男の死体――爆風で飛ばされたのか下半身がむき出しだった。その横を平然と歩く女性の姿。太平洋戦争は遠い昔のことという認識で、ひとつの壁を意識の中に築いて写真を見ることができたが、この写真は全くの別物だった。二十年、たかだか二十年ほど前のリアルな日常なのだ。次から次にそんな場面の写真が、ページをめくるたびに眼前に現れ、私の感情の切っ先がひとつひとつのシーンに切り込み、そして手もなくはね返された。

「翌年の一月の終わり頃まではそうひどくはなかった。ところが、一月の三十日にベトコン――つまり北ベトナム軍の一大攻勢があった。僕はサイゴンの記者クラブ、今のホーチミン市ですね、今の。そこに居た。一月の終わりは旧正月で、普通停戦するんですけど、皆が正月気分で浮かれている時に北ベトナム軍が総攻撃を仕掛けてきたんですよ。僕は、記者クラブに居て、外で若い男が、ベトコンアタック、ベトコンアタック、バンカーハウスとわめき散らすのを聞いて外に飛び出した。バンカーハウスとはアメリカ大使館のことだよ。

腕章を、記者の腕章を巻いて走り出した時、ビルの方から銃弾が頭上をはじけ飛んだ。アスファルトにへばりつくように伏せた。戦場は目の前だった。銃撃戦がいたる所で始まり、シャッターを押すどころではなかった。のべつ幕なしに弾が体をかすめ、コンクリートの壁ではじけて、激しい金属音をたてたのを覚えてるよ。十分ぐらいその状態が続いた。一歩も動けなかった。しばらくすると銃声がやんで、今しかないと思って脱兎の如く、うしろも振り返らずに逃げた。その時、隣を走っていた韓国のカメラマンのソンが倒れるのが分かった。人の良い男だった。でも助けられなかった。戻れば自分が殺されるかも知れない。僕はただ何も考えずに走った。恐怖というより人間の本能なんだろうね。走るということは——。そして、何とか借りていた自宅にたどりついた」

私は息を詰め、Qさんのヒゲ面を見つめていた。自分というものをひたすら忘れ、彼の話に体ごと引きずり込まれていくようだった。

「部屋に飛び込むと、こんな時でも九官鳥のQすけが、オカエリQチャン、と言った。可愛い奴でね。オカエリとゴチソサンとオハヨーの三つの言葉をしゃべった。羽根が青くて、目の横に黄色い丸い模様があったな。銃声と爆発音が連続して起こって近づいて来る様子だった。二階の窓から見ると、三百メートルほど先の大使館で米軍が応戦しているのがちらっと見える。首にさげたカメラを構えた時だった。ものすごい音がそこら中を震動させたと思ったら、窓ガラスが砕け散って目の前が真っ赤になった。ロケット砲の流れ弾が当たったの。すごい衝撃に気を失った。倒れる直前に、メチャクチャに壊れた窓枠を見たよ」

Qさんはフーッと大きく息を吐き、私の方に目を向け、

「コーヒーでも飲みますか？　インスタントですけど」

と、気を使ってくれた。首を横に振った。

「二、三分だろうかな、気を失ってたのは。立ち上がって周囲を確かめた。窓はコナゴナで、

ベッドが半分なかった。ふと左手を見ると指が二本ちぎれて、ブラブラ揺れてた。皮一枚でつながってたの。血がダラダラ流れて。カメラは右手だけで持って、左手は窓枠を握ってたんですよ。身を乗り出してたから。油断しました。まさかここまで弾が飛んで来るなんて考えてませんでしたから。馬鹿でしたよ。ここでは日常そのものが戦場だってことをスッポリ忘れてた。失格です。そんな時に、何か小さな声がするんです。よく見るとQすけの籠が床に転がってるのに気づいた。そこから声がするんです。Qすけは、腹が裂けて腸がはみ出してた。それでも僕が近づくと、ゴチソサン、ゴチソサンと言ったんです。僕は言葉を失いました。不思議と左手に痛みは感じませんでした。痺れてたんでしょう。じっとQすけを見ました。声がだんだん小さくなって、間遠になって、とうとうQすけは動かなくなった――」

彼の瞳をまたたきせずに注視する。Qさんは眉ひとつ動かさない。この時初めて無感情という感情が存在するのを知った。

「ただのちっぽけな小鳥の死が僕に大きな精神の衝撃を与えた。思いあがってたんですね。自分は大丈夫だと。毎日、死体を目にしてたし、人の死は日常でした。でもね、Qすけの言葉が僕を叩きのめした。意味を知ってて言ったのか知らないまま言ったのか、今の僕には分かりません。ゴチソサン、の意味がね。僕はその時指二本失いました。でも安いモンです。やっと気づいたんですから——」

静かに、本当に静かに私は訊いた。

「何に——気づいたんですか」

Qさんは写真集をパタンと閉じ、ゆっくりとつぶやくように言った。

「人の死は何度でも繰り返せる。でも自分の死は繰り返せない」

Qさんは立ち上がって写真集をもとの場所に戻す。そして、振り返らずに言った。

「I'm dead. 人間は自分でそう言えないんです。分かりますか」

私は彼の背中を目で追い、分かります、と弱々しく答えた。

「それからまた意識を失った。気がついた時は病室のベッドでした。隣にソンが寝かされてた。足を撃たれていました。二人とも記者仲間が助けてくれたんです。夜、薄暗い病室で僕はつたない韓国語で、ミアナムニダ（すみません）、と謝った。彼は、手を横に振りながら、オッチョル　スオプタ（しかたないさ）、と笑ってた。そのあと急に真面目な顔で、戦争の現場には愛もクソもないと叫んだ。ついでに人間もいない、と。今でもその顔が忘れられない」

蝿が三和土《たたき》の上を飛び回っていた。彼は戸を少し開けてそいつを手で追い出した。

「Qさんっていくつなの？」

唐突な質問が口をついて出る。四十六だよ、と、何気ないそぶりで彼はさらりと答えた。びっくりした。あまりにも若く見えるからだ。

「若く見えますね」

素直に言うと、そうかな、この通り年寄りだけどね、と相好を崩した。

「名前は？」

それが私に向けられた問いだと分かるまでに数秒を要した。

「愛。木本愛。そこの木本クリニックの」

「愛ちゃんか。サランちゃんだ」

「サラン？」

「韓国ではサランって言うんだ。愛のことを。ソンから習った。そして、人のことはサラム。似てるでしょ。でも全然違う。そうか、愛ちゃんか。サランちゃんか」

Qさんは、うんうんと頷き、そうかそうかと満足気にうなづいた。

「なんで古本屋なんかしてるんですか」

これも失礼な言い方だったが、私は気にもかけずに突っ込んだ。

「なぜ？　これが性に合ってるんだろうねえ」

「東京の人？　Qさんって」

「いや、もともと鳥羽だけど、親戚のつてでここに住んでる。東京に住んでたら、向こうの言葉に慣れちゃって。慣れとはおそろしいもんです。人の死にすら慣れる」

Qさんは、どっか行く途中だったんでしょ、と訊いた。ええ、図書館に調べ物を、と答えると、ベトナム戦争の本、貸してあげるから帰り寄るといいよ、と、私を送り出してくれた――。

図書館では学校の課題は半分しか調べられなかった。ベトナム戦争のことを資料を引っ張り出しては漁っていたから――。

インドシナ戦争から数えて二十年も続いた戦争。二十年も！そして日本も少なからず関わった戦争。学校の教科書には一九七三年にアメリカ軍が撤退したとあったが、図書館の資料集にはアメリカは敗北したと明記されていた。代理戦争という言葉も目を引いた。同じ民族が、北と南に分かれてソ連や中国、そしてアメリカの援助を受けて殺し合う。何とも形容しがたい痛ましさがじわじわと体の中に染み通って広がってゆく。親戚や友人や顔見知りが、大勢の同族の人々が殺し合い、加担した赤の他人が血を流しながら金を儲ける。なぜなんだろうと思う前に、世間や世の中が分厚いバケモノのように感じられた。それが人間の本能ならみじめすぎる。

——夕方、陽の傾いた通りを自転車を引きながら、トボトボ歩いた。Q館堂は開いていたけれども立ち寄れなかった。そのまま笠森神社まで行き、樟の大木を見上げた。木は争うことはないのだろうか。ずっとその場所に居続けるだけなのだから。もはやそれは疑問符なんかではなく、足りない頭で導き出した私のひとつの答えかもしれなかった。

木は何も話さない。ただ静かに葉がこすれ合うかすかなざわめきを耳に届けるばかりだった。

「殺し合いますよ。木も」

次の週の水曜日にQ館堂に行くと、Qさんはいともあっさりと言った。

「殺し合う?」

「はい。神社の樟の大木知ってますよね。あの木があそこまで大きくなるまでに数限りない植物を殺してきたでしょうね」

彼の言う意味が理解できなかった。

「木は動かないのにどうやって殺し合うの?」

「そう、動きません。動くのは種が落ちたり、風で飛ばされたりする時だけです」

タンポポの種がフワフワ宙に浮かぶ姿が頭にイメージされる。

「動きが止まる、つまり落ちた所で植物の運命は決まります。動物の糞の中に混じって運ばれる種もあります。ヤマザクラやムクノキなんかです。動物被食散布といいます。でも落ちた場所が大木の下ならどうです？　確かに芽は出ますがね」

私は生物学の本に出ていた遷移や極相という言葉を思い出した。

「光が当たらなければ下の方の木は枯れます。光が少なくても大きくなる木は育ちます。やがてそれらが大きくなって森林は安定する」

「極相ですか」

「愛ちゃんはアタマが良すぎますね。そうです。でも、極相にも様々なカタチがある。乾燥地帯では草原が極相になる場合もありえます」

「生き物は生まれながらに殺し合うのが本能なの？」

「Destiny《ディスティニィ》. 本能というより運命です。強い植物の種に生まれるか、か弱い植物の種として落ちるか。落ちる場所もみんな神様の羽根のひと振りで決まっちゃう」

溜め息をつく私の横でQさんは本棚を整理しながら淡々としゃべる。相変わらず煙草臭いが――。私はその背中に声を掛ける。

「植物も動物も大変やな。油断できへんね」

すると、彼はくるりと振り向き、

「でもね、植物は静かに死んできますよ。文句も言わずにね。血は流さない。少なくとも悪意に満ちた血はね。それが植物の偉いとこです。人間のやる戦争とは全然別物なの」

「何でそんなこと知ってんの、Qさんは」

彼は鼻の頭を掻き掻き、

「研究してましたから、大学で」

と楽しそうに笑った。大学?どこの大学だろ。

「今度の日曜の朝早く、観察に行きますか」

私は多少とまどったが、「ハイ」と返事をしてしまった。

「では、日曜日の朝四時にここに来て下さい」

四時!ゲッと思った。何でそんな早朝と訝ったが、とりあえず従うことにした。

こうして、私のQ館堂通いが始まったのだった。

次の土曜日の昼過ぎ、Q館堂に行くと、

「ちょっと見て欲しい物があるから裏の空き地に行こう。明日の予習」

そう言って彼は路地を曲がり、くねくねした細い道をどんどん進んだ。

しばらく進むと小広くなった空き地にでた。黄色いタンポポが一杯に咲き乱れている。別に何の変哲もない光景だ。

「これをよく目に焼きつけておいて下さい」

Qさんは、それからいきなりスコップでタンポポの根を掘り出した。ポカンとして見ていると、彼は三十センチぐらいの長さの太目の根を二本掘り出した。

「どうするの？　観察？」

Qさんは額の汗を手でぬぐい、

「晩メシのオカズです。漢方ですが」

へっ？と首をかしげると、

「ゴボウみたいな味がする。食べます？」

泥まみれの根っこをまじまじと見つめ、私は小さく首を横に振る。

「それ、ベトナムで覚えたの？」

今度は彼が首をかしげる。

「日本人なら食べるでしょ。一番体にいい」

「そんなの食べないよ」

「そうかな。僕はよく食べる。二年物が食べごろです。肝臓と胃の強壮剤ですよ」

変な人だなと思った。そして知識量の多さに感心するのだった。

「それが若さの秘密ですか」

「いや、そんなことない。僕はどちらかというと不食なの」

「フショク?」

「そう、一日一食。晩飯だけ」

またしても、へっ?を連発してしまった。

「食うということはエネルギーの消費です。一日三食食べると、フルマラソン一回分のエネルギーを消費するんです。つまり消化に漠大な熱量を使う訳です。エネルギーを使ってエネルギー源を得る。大いなる矛盾です。一食だと内臓も休めるし効率もいい。それに食費が三分の一ですむし」

Qさんは底ぬけの笑顔を見せた。

「お腹、すかないの」

慣れました、前言ったでしょ、人は現状に合わせて体も精神も作り変えられる、そう答えて三本目の根を掘り始めるのだった。

日曜日は生憎《あいにく》シトシト小雨が降っていた。三時半に起き、誰にも気づかれないように裏口から家を抜け出した。病院は日曜は休みなので、皆遅くまで寝ている。誰かに気づかれる気配はない。何故か胸がドキドキし、秘密の悪戯をしているような気になった。そうっと音をたてずにドアを閉める。まるで泥棒だ。不倫とか逢い引きとか夜逃げってこんな気分なんだろうか――。違うだろうな、たぶん違う。でも、まだ明けやらぬ空の下、ひそかに出かけるのは生まれて初めてで、確かに少し興奮していた。

初夏というのに黎明の空気は冷んやりと胸に響いた。半袖のTシャツでは少し寒かった。

Qさんは店の横の路地で待っていてくれた。彼は緑の古くさい合羽を着、私は青い傘をさしていた。不釣合いなコントラストだ。

「朝ご飯食べましたか」

歩きながらそう話しかけてくる。食べられる訳がない。食べてないよと答える。

「どうして？　成長期の女の子は食べなきゃいけない」

「フショクです」

「不食？　若い娘さんにはおすすめできません」

「だってさ、台所でガサゴソやってたら見つかって怒られるし、出掛けるの止められるに決まってるし」

「止められる？　なぜ？」

ハァーと長い息を漏らした。この人にどう説明したらいいのだろうか。大体において私も相当ヘンクツで世の中に無頓着だけれど、この人はそれ以上に無頓着すぎるのだから。

「アタシ、中二で十四で、それで一応女という設定になります」

Qさんはふと立ち止まり、じいっとこっちを見た。うーん、そうか、と一声唸り、

「怪しげですか」

と真面目な顔で尋ねる。一瞬たじろいだ。

「多分…かなり」

「それはすみませんでした。やや反省します」

ややって何だよ、と考えているうちに昨日の空き地に出た。そろそろ空が白みかけてきた。

ずっと向こうに神社の樟が黒々と見える。

「気づいたこと、ありませんか？」

私は空き地を見て、アッと思った。タンポポの花がひとつもないのだ。いや、よくよく観察すると、花は皆閉じていた。

「タンポポが閉じてる――」

「そう。朝陽が当たる頃少しずつ開いて、三時間ぐらいで全開します。そして夕方また閉じます。三日か四日は咲きます。閉じて開いてを繰り返します」

「なんでなの？　なんでそんなに面倒くさいん」

「エネルギーの浪費を防ぐ、花粉の関係、いろんな説があります」

「明るくなると花が開くの？」

「いいえ。夜の温度で決まるんです。だいたい西洋タンポポで十三度。シロバナタンポポで十八度。夜の気温境界が当てはまれば、朝、光を浴びるだけで咲き始めます。夕方は暗くなったら閉じるんじゃない。十時間位咲いたら閉じる。不思議ですね。時計も温度計もきちんと体内に持ってて、そして動いている」

さっと感動が胸の中に広がる。全く知らない未知の真実を目の当たりにした喜び。世の中は知らないことだらけなんだ――。

「お陽さまが登ったらもう一回見ましょう。予報だと六時頃から晴れる。今日は暑くなるけれども一ヶ所、山手の方に行きます」

Qさんは右手にノコギリを持ち、長靴をはいてスタスタ歩く。私のスニーカーはしっぽり湿って気持ちが悪かったが――。

五分ほどササ薮を歩きゆるやかな坂道を登った。柿の木の畑を横目に見ながられ九十九折《つづらお》れの小道を二人で歩く。けっこうきつい。私は帰宅部だったから運動不足で、だんだん息が荒くなってきた。Qさんは軽々とした足取りで息ひとつ乱さない。

彼は私を振り返って待ち、笑う。四十半ばとは思えないきれいな歯だ。シワもない。フショクは年を取らないんだろうかという考えが頭の中をよぎった。

「愛さんは運動した方がいいな」

「そのさんづけで呼ぶの気持ち悪い」

彼はポケッとこっちを見て驚いたそぶりを見せた。――じゃ、木本さん――

「それもっと気持ち悪い。サランでも何でもいいや」

まともに瞳を見て言葉を投げ返した。ますます彼はポカンとした表情になる。

「サランねえ。サランは運動不足です。走りなさい。毎日」

「受験生は忙しいんだよ」

やりとりしているうちに高台の柿畑に着いた。五十メートルぐらいの高さで、たったそれだけでも街並みがはるかに下に感じられた。でもやたらと竹が生えていて、乱雑さと不秩序さばかりが目につく。柿の木の周りには確かに空間はある。しかし、そのわずかな「空の見える場所」は毅然とした精悍さが希少だった。柿の木は竹と竹の隙間で身をよじりながら光を渇望し、陽の差し込む部分を目ざし枝を伸ばしていた。柿の木々はいかにも脆弱だったが、竹そのものも精強そうな若竹と、枯れて割れかけ、根っ子ごと地面を持ち上げて崩しつつ倒れているものも多かった。光の届かぬ下の方の笹は枯れ果て、地べたにはシダや下草が少しだけ生えている。

一部の柿の木は光の恩恵を受けられずに、ボロボロの木肌をさらして朽ちていた。

「分かるでしょ。これが植物の戦争です。声も叫びもない、静かな争いです。醜いですか」

考えながら言葉を探した。醜くはない。だが何かが氾濫したような猥雑さがそこにあった。洗練された美しさはひとかけらもない。

「汚いです」

思ったままを言った。

「そう。汚い。一度人が手を加えた里山は放っておくとこうなる。人が手を入れた以上手を入れ続けるのが礼儀というものです。それを忘れるとこうなる。竹が光をさえぎり、どんどん竹が増え続ける。下の柿畑は見事に全部枯れるか、ツタの餌食になる」

辺りを見回すと、柿の木の表面にはコケがびっしりと張りつき、直径二センチはあろうかという太いツタが胴に巻きつき、はるか上方の枝まで伸びて絡んでいる。その様子が、うるんだ湿り気を周囲にどんよりと拡散させているように思えて仕方なかった。

「やがては、竹同士で争い始める。まあ、根がつながってるから同族なんですけどね。でもね、生まれてくる竹と枯れて死ぬ竹は大体同数なの。生まれてくる方がちょっと多いぐらい。それで安定する」

「極相？」

「そう。困るのは人間だけ。広がられると面倒だから。それで、春、筍《タケノコ》掘ったり、伸びた奴を蹴っ倒したりして手入れする。そういう礼儀を忘れるとこうなります」

「何で放ったらかしにするの？」

「昔は、竹は生活必需品でした。でも文明が発達して、プラスチックなんかの石油製品が取ってかわった。焚き木もいらなくなった。人間は竹と共存することを忘れつつあります」

Qさんは竹にノコギリを当てた。切ったり蹴っ倒したりするのが本当に礼儀なんだろうか。

「切ってもいいの？」と問うと、

「頼まれてるんです。この山の持ち主のおばあさんに。自分でできないからって」

「お金、もらえるの？」

「少しは――」Qさんの動きは実に素早い。

早くもミシミシと竹は傾く。倒れますよの声が終わらないうちに、ぶっとい孟宗竹は柿の木の横にドサリと身をさらした。

「下から一メートルの所で水平に切るの」

「どうして？」

「そうすると竹はまだ生きてて栄養を吸い上げる。無駄なエネルギーを使ってそのうち死ぬ。来年足で蹴ったらボコッと根っ子ごと倒れます。諦めて静かに死にます」

――Qさんは何が言いたいのだろう。頭の中で思いっきりぐるぐる脳ミソを回転させるが分からない。二本目を倒した時、彼は街並みを見おろしながら、

「植物は何を夢見ているんでしょうね」

と独り言みたいに言った。夢見るという響きが私の思考を確かに優しく包んだのを覚えている。

「人間は自分勝手なのかな」

Qさんは、エコーにライターで火をつけた。ゆるゆると煙が明け切った空に吸い込まれる。

「そうかもしれません。でも僕は植物がうらやましい時があります」

煙を吐き出しながらQさんはつぶやいた。そして、それきり何も言わなかった。

——結局、二時間かけて、Qさんが二十本、私がへっぴり腰で五本竹を切った。だいぶん空が広がって見えた。雨はもうやんでいる。

陽は次第に高く登り、二人は汗を拭いた。

——七時過ぎに、行きに寄ったタンポポ畑を通った。そこには、柔らかな黄金《きん》をほとばしらせ、タンポポが夢見るみたいに咲き誇っているのだった——。


Qさんが、京大で植物学を専攻していたと知ったのは、山に行ってから一週間後の土曜日だった。少なからず驚いた。

その日、夕方店に行くと珍しく背広にネクタイ姿の恰幅の良い初老の客がカウンターの前の丸イスに座り、何か熱心にQさんと話し込んでいる。

男は振り向き、おや、お前さんの古くさい店に可愛いいお嬢さんのお客だ、と小さく笑い、汗まみれの顔をハンカチでぬぐった。

「常連のサランさん。僕なんかよりずっと賢い。中二で生物学の本、丸暗記してます」

しているはずがない。すごく恥ずかしい気がした。でも、ひと月も経っていないのに常連と言われて正直嬉しかった。

「珍しい名前ですね」

男はしげしげと私を見た。何と答えようかと考え、思案していると、Qさんが、

「韓国読みです。愛という言葉の。僕が勝手につけました」

そう助け船を出してくれたのでホッとした。

「韓国ねえ。相当変わってるな、お前も」

男はちょっと笑った。彼はかなり肥満していた。

「この人はベトナム戦争の時、いっしょにサイゴンに居ました。テト攻勢の時、私を病院に運んでくれたのはこの人です。近藤さん」

「近藤です」と男は軽く会釈をして、私に必要もない名刺を渡した。私も頭を下げた。

「こいつはね、京大で植物学を専攻してたのに、馬鹿みたいに新聞社に入って、クソダメみたいなベトナムの戦場で写真を取ってたんですよ。指までなくしても帰らなかった」

「クソダメに行ってたのは、近藤さんの方が先輩です。アホは同じです」

二人は声をたてて唐突に笑った。

私は何気なく名刺を見た。東洋堂出版　近藤翔平と書いてある。

「お前、孫《ソン》のこと覚えてるか？」

近藤は急に真面目な表情でQさんを見た。

「よく覚えてます。足を撃たれて僕の隣のベッドに寝かされてました。あの人から言葉を教えてもらいました。韓国語」

近藤はしばらく何か考えるように宙に視線をさまよわせていたが、ポツリと言った。

「孫は死んだよ」

エッと、Qさんは瞬間息を止め、何とも言えぬとまどいを顔に浮かべた。

「病気、ですか」

「あいつは国に帰り、すぐ新聞社を辞めたらしい。それで出版社に勤めるようになった。何度か会ったよ。ひどく頬がこけてたな。アル中だったらしい。ふっつりと音信が絶えたんで、出版社に問い合わせた。いろんな病気を併発してて、切って切って切りまくられ、最後は敗血症で死んだ。そう聞いた――」

Qさんは吸いかけのエコーをもみ消し、たった一言、そうですか、とだけささやくみたいに言った。

居場所がなかった。静かに店の外に出ようとすると、近藤は立ち上がり、

「俺はこれで失礼する。考えが決まったら連絡しろよ。返事待ってる」

とQさんに話しかけ、私を見て笑った。それから、

「扇風機ぐらい回せや。ここは暑すぎる」

と、再び汗をぬぐいながら店から出ていった。

Qさんは、暑い、ですね、と独り言っぽく口の中でモソモソ言うと扇風機を回した。一枚だけ少し羽が欠けていて、カタカタ音が鳴った。

「近藤さんはね、本を書けって言うんですよ。ベトナム戦争時代の」

聞きもしないのに彼はしゃべり続けた。

「あんまり思い出したくないんです。僕はもう世の中では無用の人間です。今考えるとどうしてあそこへ行ったのかよく分からない。好気心でもない。正義感とはもっと違う。僕は植物学をやってたから人間が矛盾した生き物であることを身にしみて分かってたつもりです。ベトナムで人の死を繰り返しフィルムに収めてるうちに、自分や国というものに対する嫌悪感が胸の底に石みたいに沈んで固まっていったんです。そして、いつか自分が血を流すことで、この身

が清らかになるかもしれないと真剣に考えました。でも、指二本無くしても何も変わりませんでした。もう、ゴチソサンです」

Qさんは草履をはいて三和土《たたき》に下り、奥から例の写真集を持ってきて、

「愛《サラン》にあげるよ」

と目の前に差し出した。彼は本のページの間にはさんであった「二万七千円」と値段の書いてある黄色い紙を引っこ抜いた。

私は小さく首を横に振った。

「いいんだ。見たくないなら机か押し入れの奥に仕舞っときなさい。いつかは何かの役に立つかもしれないから――」

Qさんの瞳にいつもの人なつこい光はなかった。私は、とうとう折れて本を受け取るのだった。

夏の間、私は毎日本を読み、生物や歴史の知識を貪婪《どんらん》にむさぼった。もちろん数学や国語の勉強もした。数学で分からない問題はQさんに聞けば分かりやすく教えてくれる。おかげで数学の成績がみるみる上がり、学年で二番になった。Qさんは、「ついでに微分や積分も覚えて

しまいましょう」と言って、分かりやすく説明してくれるのだった。

「小学校の時、余りの出る割り算習ったでしょ。どう思います？」

どうも思わなかった。割り切れないのは面倒だなっと思っただけだった。

「世の中で割り切れる計算なんてほとんどないの。だから分数とか使うんです。便利でしょ」

「何で割り切れないの」

「地球も空間も曲がってるからかな。この鉛筆も机も真っ直ぐに見えるでしょ。でも、これ、何千億も真っ直ぐに並べたら地平線に沿って曲がりますよね。つまり、この鉛筆も机も目には見えないけど曲がってるんです」

Qさんは鉛筆を水平に持ってゆらゆらと揺らした。鉛筆がぐにゃっと曲がって見える。

「学校でこうして遊びませんでした？」

「男の子がしてた」

「そういう曲線の一点の傾きを直線の傾きで表現するのが微分です。$y = x^2$は二次曲線ですが、どこかの一点を取って見るとその傾きは皆直線に見えます」

分かったような分からないような解説だったが、何となく雰囲気はイメージできる。

「つまり、地球も机もテレビも私もQさんも曲がってんの？」

「そうですね。平行な二直線は無限に遠い一点で交わる。無限遠点でね」

ハァ?と私は溜め息をついた。

「分かんないよ。難しすぎる」

私は茶袱台の前に足を投げ出し、今や家庭教師と化したQさんに文句をぶつけた。

「コーラ、飲みます?」

彼は言って冷蔵庫からコカ・コーラの瓶を出しコップに注ごうとした。底の方が少し黒くなって汚れている。どう見たって気持ちの良い代物ではない。Qさんはそんなことお構いなしに泡だらけのコーラを注ぐ。私はその様子をじっと見つめていたが、どうぞ、とすすめられ、ビールを飲むみたいにして一気に飲み干した。それから、スタスタと勝手に台所に上がり込み、茶碗やら湯呑みやら皿やらありとあらゆる食器を洗剤でゴシゴシとやみくもに洗い倒した。Qさんは突然私がそういう行動に出たのであたふたしだした。すいません、僕が洗います、Qさんは私を制止しようとしたが、私は無言で洗い続けた。何だか彼の無神経さに腹が立った。突然湧いた奇妙な感情だった。

「Qさん奥さんいないの」

予測だにしなかった言葉が口から吐き出される。私は時々自分でも理屈に合わないと頭で分かっていても獰猛になる時があった。

「ハァ。三十四までフリーのカメラマンしてて、その間に一回だけ同棲してたことがあります。二年間だけ。緑という娘《こ》でした」

名前まで言うか、と呆れた。植物っぽい名前だな、やっぱりと思った。

「何で結婚せえへんだん？」

もう止められない。言葉が次々にロケット弾のように飛び出してゆく。しかしQさんは、

「僕が家を空けることが多かったから嫌気がさしたんでしょうね。部屋を飛び出して、他の男と結婚しました」

と、私の顔をじっと見て言う。本当に呆れた。

「Qさん全然植物的じゃないよ。根なし草の動物だよ。ミケとおんなし」

ミケは冷蔵庫の横の小さな木箱の上で丸まって寝ている。勝手口の戸は少し開けてあってミケはいつでもそこから出入りしていた。そろそろ十月の声を聞くという季節なのでさほど暑さも感じない。けれど、夏の間、クーラーも無しに扇風機だけでよく過ごせるなと急になんだかおかしくなって笑えてきた。

またたく間に台所はピカピカになった。

Qさんは、見ちがえるようです、と目をみはった。今度からはよく見て洗いますよ、ちょっと老眼が入っちゃって汚れが見にくいんですと、今度は透明度の増したコップにサイダーを注ぐ。老眼？　そうか、そんな年には見えないのに。フショクは年を取らないとデタラメな勘違いをしていたらしい。目には効かないみたいだ。私はゆっくりとサイダーを飲んだ。泡がパチパチコップの表面ではじける。

「Qさん、実家に帰らへんの」

「いやぁ、実は、僕が四才の時、両親は交通事故で死んじゃって、僕だけ助かりました。それで鳥羽の伯父さんの家で育てられたんです。伯父さん夫婦はいい人だけど、根無し草の身だから大手を振って帰るのはちょっと」

ハッとして、サイダーを飲むのを止めた。

「ごめんなさい。好き放題言って…」

Qさんは残ったサイダーをラッパ飲みしながら、

「その通りですから口ごたえできません」

と目を細め、二回もゲップをした。

「愛《サラン》の言う通り僕は植物になりたいというヘンチクリンで常人ばなれした妄想を持ちながら、

どこか狂暴な動物めいた衝動が押さえ切れない瞬間がある。実際、カンボジアではゲリラに捕まりそうになった時、ナタで二人の男を切りつけて逃げた。捕まったらどうなるか分かったもんじゃないですから」

「死んだの、その人」

「さあ――。逃げるのに必死だったから。カメラマンは武器を持っちゃいけない。カメラが光ると武器と間違われて撃たれるんです。だからカメラに黒いガムテープを貼る。その時はジャングルのツタを払うためにたまたま持ってたの。それで助かった」

「どうして自分を傷つけたり、人を傷つけたりするかもしれない所に行くの」

「どうしてかなあ。僕には全く分からない。きっと僕はまだ種《シード》なんです。タンポポみたいに。落ちる地面を探してるのかもしれない」

サイダーを飲み終えて、私も一回ゲップをした。Qさんは声をたてて笑う。

「あたしもQさんと同じかもしれない」

裏庭で薄いピンクのコスモスが揺れている。本格的な秋の足音はもうそこまで来ていた。

私はテレビなどほとんど見なかったが、ドラマの『親愛なる者へ』だけは、母に隠れて毎週見ていた。ドロドロの不倫ドラマだったので居間で見ることはできない。それで、そっと病院の待合室にあるテレビをこっそりつけて見ていた。私はかなり早熟な方だったけれど、なぜ人は目の前の人を真っ直ぐに愛せないのか疑問に思ったりもした。結局、人の感情など、湧いたり消えたりして日々変化してゆくものなんだと自分なりに考えた。中島みゆきのCDも買って来て、暇さえあれば聴いていた。その当時ウォークマンなる物が流行っていて、歩きながらイヤホンで音楽が聴けた。

ある時イヤホンを耳に突っ込んでQ館堂に行ったらQさんは顔をしかめ、そんな物道で聴いてちゃ駄目です、と私からウォークマンを取り上げたのだ。ちょっとびっくりして、

「何でさ」

と食ってかかった。

「危ないでしょ。周りの音聞かなきゃ」

「ベトコンもゲリラも出てこないよ。ここは日本だよ」

プッと頬を膨らませて反論する。

「どこだっていっしょです」

「いっしょじゃない。返してよ」

「しょうがないですねえ。じゃあ、僕の開かずの研究室見せてあげますから言うこと聞きなさい」

今日のQさんはしつこくて、尚かつ真剣だ。

「やだ。見てからどうするか決める」

私はQさんを少しだけ困らせてみたくなり、わざとすねた顔をしてみせた。

「まあ、来なさいって」

彼は大きな手で、私の腕を摑んで歩き出す。平然と腕を摑まれて、骨の髄まで無頓着な人だと思ったが、異和は感じない。まるで当たり前のように私は裏庭の土蔵の前に連れて行かれたのだった。

蔵の前には赤いダリアの花が鮮やかに咲き群れていて、足の踏み場もないほどだった。

Qさんは南京錠をはずして、白く重たげな扉をゆっくりと開けた。扉がきしむ音がする。

螢光灯をつけると、部屋の中がパッと明るくなり、雑然とした雰囲気の中で、二つの大きなガラス水槽が目に飛び込んできた。ひとつは五十センチぐらいの長さの水槽で、やたらと明るい白色光で全面を照らされている。中には五センチ程の大きさで、全身が緑色で、白く細長い短い模様と、小さな黒い斑点があり、胴体の上部には羽根のようなひらひらがある生き物が四匹いる。可愛いのか気持ち悪いのか良く分からない。

「何なん、コレ？　アメフラシみたいやけど」

「コノハミドリガイ。ウミウシの一種です。この種は光合成することができる」

「えっ、でもウミウシって動物やろ」

「こいつらは、餌のハネモを食べて、消化せずに葉緑体を細胞内に取りこむんです。クレプトクロロプラスト、盗葉緑体と言います。光が当たれば光合成をし、当たらなければ藻を食べます。光は電灯でもＯＫです。夜は光合成はしません。ミトコンドリアを使って呼吸します。エラ呼吸です。雌雄同体ですが、別々の固体と交尾します。幼生には殻がありますがやがて消失します。海水を何回も換えたり、幼生の殻が水面にへばりつかないようにするのは大変で、テクニックがいりますよ」

「どこで取ってきたの？」

「伊豆です」

「水はどうするの」

「軽トラ借りて南島から汲んで来ます。飼い始めた頃は何度も死なせたけど、この辺の海水でも飼えるよう工夫しました。伊勢湾の水は駄目です。汚れてて冷たいから」

「これで何の研究すんの」

「人間にも応用できないかと考えています」

「もし、それができたらどうなるの?」

「レストランや食堂は半減するでしょうね」

「フショク?」

「まあ、半フショクです。彼らもそうそう永くは光合成できないらしい。光合成できないと体が白っぽくなります」

「でも、それができれば戦争はなくなるの? 食べることしなくていいんだから」

Qさんはしばらく考えて、

「なくならないでしょうねえ。数は減るだろうけど。考え方の相違が人間にはある」

「Qさん、まだ植物になりたいの」

「そうですね。少なくとも根無し草のフラフラはそろそろお終いにして、芽を出したいですね」

「あっちは何? あの大きい水槽は?」

角《かど》の水槽には覆いがかぶせてあり、大型のエビが二匹うごめいている。

「伊勢エビです。こうして光をなるべく当てない工夫をすると、色が抜けて白っぽくなります。生物はどんな環境にも見事に同化していきます。生命が奇跡的に神がかっている証拠です。それが希薄なのは人間だけです。人間は自分を変えようとせず周りを変えてしまう。愛《サラン》のウォークマンは、人の注意力という本来きちんと備っている力を希薄にする」

私はうつ向いてしまった。小さな声で、分かったから怒らんといて、と言った。

Qさんは机の引き出しをゴソゴソやりながら、君が車にでもはねられてこの世から消滅したら、僕はまた大切な友達を無くすことになる。それはゴチソサンです、と言った。

「またって、前はソンさんのこと?」

「彼もそうだし、Qすけもそう」

「私は九官鳥なみだってわけ?」

Qさんはパッと顔を上げ、こっちを見て、ニッと笑った。優しい瞳だった。

「これをあげます。お守りがわりに持ってるといいよ」

手渡されたそれは、ほぼ球形で掌にのるぐらいの大きさで、黒や緑、褐色のマーブル模様がある大理石のような石だった。つやつやしていて美しかった。

「何ですか、これ? 宝石みたい」

「ストロマトライト。石のように見えますが、れっきとした植物の祖先です。それは化石を加工した物です」

「ストロマトライト？」

「藻類、まあ今では細菌に分類されますが、シアノバクテリアという原核単細胞生物が、細胞から分泌する粘液で海中の小さなミネラルの粒子をつかまえて炭酸カルシウムと結合させてドーム状の石を作り、層を重ねながら少しずつ成長します。もちろん光合成は昼だけしかしませんから、一日に一枚の堆積層を作ります。直径二十センチの石を作るには二千年かかるといわれています」

二千年！　私は思わず声をあげた。

「層の数を数え、分析することで、八億五千年前の地球の公転周期を計算することもできます。当時の一年は四三五日だったと書いてある論文もあります。このストロマトライトの地道な活動のおかげで、地球は大量の酸素に覆われるようになりました。つまり全ての生物の大恩人という訳です。今でも、オーストラリアの海にかなりの数棲息しています。三十五億年も前から」

私は息を呑んで掌の石に視線を注いだ。硬いのに秘めた柔らかい力、暖かみを持った力をその光沢にひしひしと感じ取った。これは石ではないと直感的に胸の内で閃くものがあった。

「一応石灰石に分類されるでしょうかね。いわゆるパワーストーンです。能力の進化、という意味があります」

「どうして私にくれるの。大切な物やろ、Qさんの」

Qさんは一呼吸おいて私の顔を見た。

「愛《サラン》は賢いから、高校に行き、大学に行くでしょう。将来何になるかは分からないけど、今すぐ役立つことだけを研究したり、勉強したりするだけじゃなくて、いつも、なぜ、を心の中に抱いて生きていって欲しいんです」

「私の未来が分かるような言い方やね」

「分かりますよ。大体は」

「分かってないよQさんは。そういうQさんはどうなん？」

彼は、うーん、困りますね、とぶつくさ言い、伊勢エビの水槽に二、三個アサリ貝を放り込んだ。途端にエビは貝に飛びつき、丸ごとバリバリと食べ始めた。思った以上に彼等は狂暴だ。アサリは二十秒ほどでなくなった。

「根なし草のまま終わりそうですね。なぜ、ですか。なぜ…。そう、なぜ人には心のどこかに闇が隠されているのか。なぜ人は死ななければならないのか、子どもの頃からずっと考えてました。いまだに答えは出てませんけど」

Qさんはいつでも淡々と、しごく分かりやすく話すけれど、今日は少し違った。分かりにくいのではない。妙に生々しい具体性が話の端々に湧いては、スッとどこかに隠れてしまうのだ。隠されてしまった言葉たちは、底知れぬ漆黒の深みに滲んで、居場所をつきとめることができなくなってしまう。

——陽が落ちるのがひどく早くなった。

私は夕暮れの道を、両手でストロマトライトを温めて歩いた。石が掌を温めているのか掌が石を温めているのか私には分からなかった。掌を開けると、透明なグリーンのまあるい夕焼けが、あたかも石の上で燃えているようだった——。

秋は足早に過ぎていく。アメリカでは、ビル・クリントンが大統領になり、ルイジアナで何の罪もない日本の留学生が射殺されたりし、お隣の韓国では金泳三が大統領になったりと、世の中は流れを止めることもせず、あらゆる出来事が私の遠くや近くを駆け抜けていった。

年が明けて私は十五になった。世間はくるくると忙しく変化していたが、私の日常にたいした変化はなかった。ただ、Qさんの家庭教師?の成果はめきめきと表面化し、私の成績は学年で一番になった。母は馬鹿みたいに喜び、よく努力したわね、と満足そうだった。

「三年になってもがんばんなさいよ」

と肩を叩かれたが内心はさして嬉しくもなかった。私は好きで勉強しただけだ。決してこの家のためなんかじゃない。

Qさんの店には土曜日か日曜に行くことがほとんどで、朝早くか夕方、秘密の裏口と呼ばれる垣根の隙間の穴から出入りしていた。その頃には土蔵に鍵はかけられておらず、夜中以外は自由に出入りできた。Qさんがいない時でも私は気ままに蔵に忍び込み、奇妙な光合成動物を心ゆくまで観察したり、伊勢エビに餌をやったりした。移りゆく季節とともに咲き乱れる草花をスケッチするのも楽しかった。それに飽きると土蔵の中で数学の勉強をする。三年生に上がるまでに、三角関数と合同式の概ねは理解できるようになっていた。

Qさんは時々暇になるとブラッとやって来て、いろんな実験のやり方を教えてくれる。一番面白かったのはユスリカのだ液染色体の観察だった。酢酸カーミンに染められた染色体はシマミミズのようなシマシマがあって、所々にコブ状に膨らんだ部分があった。

Qさんは顕微鏡を覗きながら、

「膨らんだ部分をパフといいます。少しぼやけてますが、ＤＮＡがほどけてＲＮＡをさかんに作っています。ＲＮＡの塩基は、Ａ《アデニン》・Ｇ《グアニン》・Ｃ《シトシン》・Ｔ《チミン》ではなくＡ《アデニン》・Ｇ《グアニン》・Ｃ《シトシン》・Ｕ《ウラシル》です。ウラシルはアデニンに対応します」

どうぞ、と言って彼は私に接眼レンズを覗かせた。

「人間は愛し合えば一つになることを夢見るもんです。でも、細胞は分裂して二つになることを夢見る。不思議ですね」

接眼レンズから目を離してＱさんを見る。

「生物学的にはどっちが正しいの」

Ｑさんはもしゃもしゃのヒゲをなでながら、

「どちらが欠けても成り立たないでしょうね。だって僕等は分裂することを夢見る細胞から成り立ってる。そのくせ一つになりたがる。矛盾してますよね」

「受け入れたらそれでいいんやないの。当たり前は当たり前ってさ」

ふうむ、と彼は唸り、それでも私はどっちが本当なのか知りたいんです、とつぶやく。

「ミトコンドリアはもともと独立した生物です。生物の細胞内で共生することで永遠の命を手に入れたと言っても過言ではありません。ミトコンドリアのＤＮＡには、寿命を決定するテロメア細胞がありません。独自のＤＮＡを持っていて、分裂するんです。人の体重の一〇パーセントはミトコンドリアです」

「そんなにあるの」

「そう。私たちの体の中には十パーセントの独立した異生物がいて、共存しています。ミトコンドリアはギリシャ語で、糸と粒、という意味を持ちます」

「糸――。つながってるんだ」

「そうかもしれません」

こうして私は次々に新しい知識を吸収してゆくのだった。


いつか春がめぐり、私は三年生になった。

宮川の桜をＱさんはニコンＦで写真に収め、三郷山《さんごうやま》のツツジを二人で観察した。時には落下する毛虫に悲鳴を上げ、そして私はひとつ大人になった。

Ｑさんはやはり Ｑさんだったが、少しだけ、ほんの少しだけ、変わった。

四月に、カンボジアの選挙活動の監視ボランティアの日本人が武装勢力によって殺害されるという事件が起こった。これは国内でも大々的に報道された。

事件が報道された日、Qさんは一日中浮かぬ顔で何かずっと考えていた。その日、私は蔵の中で植物の本を読んで過ごしていた。母には友達の家で勉強すると嘘をついて家を出て来た。私はきっと母が好きではないのだ。

Qさんは昼頃、私のためにアンパンを持って来てくれた。

「おにぎりあるよ」と言うと、新聞を私の前に広げ、

「ベトナム戦争までは、記者《プレス》と赤十字は撃たないという暗黙の了解がありましたが、今はそういう人たちが狙われる時代です」

と暗い顔をした。

「何でなの?」

「今はフリーのカメラマンが多かったりするので、誰も守ってくれないし、人質に取れば金になるからです」

彼は新聞を丸めてゴミ箱にぶち込んだ。Qさんはその日、ずーと店にも出ず水槽を見ながらひたすら思案にくれているのだった。私は結局夕方までひと言だって話すことができなかった。

その次の日からQさんはいつも通りのQさんに戻った。でも、時々、短い考えごとをする回数は確実に増えていくのが分かった。

——夏休み前、私に大きな変化があった。母と大ゲンカしたのだ。母は私が当然地元の進学校を受験するものと思っていた。しかし、担任の先生との三者面談の時、唐突に私が、農業学科のある高校に行きたいと切り出し仰天したのだ。担任の前であるにもかかわらず、母は狂ったみたいに怒り出した。何考えてんの！と大声で叫んだのだ。まあ、まあ、お母さん、と先生はなだめたが止まらなかった。何のために今まで勉強してきたの！　母はわめき散らし、その言葉が火に油を注いだ。

「自分のためだよ。誰のためでもないよ」

心の内に業火を宿したまま、落ちついたフリをして言い返した。母の怒りは頂点に達した。いきなり平手が飛んで来た。手元が狂ったのか、それは頭部を直撃し、はずみで私は床に倒れた。強い衝撃が頭に走った。机の角にこめかみをぶつけたのだ。瞬間、意識が空白になった。気がついたらこめかみから血が流れていた。掌を当てると中指と人さし指が赤く染まっている。私はその一点を呆けたように凝視していた。言葉は無かった。

私はゆっくり立ち上がり、母の目をじっと見つめた。怒りではなく果てしない哀しみが体から滲み出してくる。

母はハッと我に返り、慌ててハンカチで私の血を拭こうとした。私はQさんの言葉を思い出していた。分裂……。私達は親子でありながら分裂し続けている。私の体の中には、私自身では消化しきることのできない相反する何かが、すさまじい音をたてて対流していた。

血をぬぐおうともせず、私は教室を出、真っ直ぐに廊下を歩いた。——愛《あい》！——母の声が聞こえたが無視して走り出し、裸足のまま学校を飛び出した。すれ違う人達が不思議そうにこっちを振り返るのが見えた。

それから先のことはよく覚えていない。正気に戻った時、笠森神社の石段にぼうっと座っていた。もう夕方近くで、陽は西に傾き、樟の影が長々と道に伸びていた。何を考えていたのか思い出せない。どうしても思い出せなかった。意地を張ったと言えばそれだけなのかもしれない。意地を張ることすら必要なかったのかもしれない。しかし、世の中の争いごとはこうしたほんのつまらない意地の張り合いで起こるのだ。

私は腰を上げ、フラフラと路地を歩き、Q館堂にたどりついた。そして、朦朧とした頭のまま、土蔵の扉を開けた。

——Qさんは、ウミウシのスケッチをしていた。私に気づくと、どうしたの、と駆け寄り額の血をタオルでそっとぬぐった。

「何をしたの。この傷と足。裸足じゃないか」

それには答えず、私はいきなりQさんに抱きつき、体を震わせて泣いた。涙とはこんなにも出るのかと思うほど溢れた。Qさんは一分ぐらい私を抱きしめていてくれた。そうして、私を水槽の前のイスに座らせた。ウミウシ達がのろのろと石の上を這っている。

「今日は家には帰りません。泊めて下さい」

「話してみなよ…」

Qさんは傷をガーゼで消毒し、バンソウコウを貼った。ゴツゴツと硬い手だった。

私は、ポツリポツリと今日あったことを話した。彼は何も言わず黙々と手当を続ける。

「美人の愛《サラン》も大なしだ」

バンソウコウを十文字に貼り終えるとQさんは笑った。寂しさをまとった笑い方だった。

Qさんは何か考えているようだったが、しばらくして蔵を出てゆき、ずっと帰って来なかった。私はテーブルに突っ伏して泣いた。私の魂は、感情では望んでいないことをいつも引き寄せてしまう。何もかもブチ壊してしまいたい衝動に駆られるのだ。これがQさんの言う闇なのかもしれない。私の細胞内のミトコンドリアが異生物として暴れ出し、別人の私を作り上げるのかもしれない。とりとめもないことをぐだぐだ考え続け、いつしか疲れ果てて私は眠ってしまったのだった。

――どれぐらい経ったのだろうか。私は扉の開く音で目が覚めた。入口の薄ぼんやりした光の中に母とQさんが立っている。父はいない。そうか、お父さんは東京に行ってるんだった。研究会か何かで――。どうでもいいような記憶が脈絡なく頭を巡った。

「恩田さんからいろいろ聞いたよ」

母は精気のない顔で言った。

「帰ろ」

母はゆっくりと歩み寄り、私の手を取った。その一瞬、私は自分の体のあちこちでミトコンドリアが反乱を起こす叫びを聞いた。それは幻覚なんかではなかった。底知れぬ闇の中からざわめきが広がり、その声が一つに固まりもの凄い勢いで脳天を突き抜けた。そしてその声は私の声となって口から吐き出されたのだ。心の声は叫んだのだ。主よ抗《あらが》い給えと。

「お母さんなんか死ねばいい!!」

途端に母の顔から血の気がサァッと引くのが分かった。母は呆然と立ち尽くした。

「愛《あい》……」

母が言いかけたその刹那、目の前が真っ白になった。何？　そう思って瞳を凝らした。

Qさんが黒塗りのカメラを構えている。戦場で使ったというあのニコンのカメラだ。フラッシュだったのだ。訳が分からなかった。

驚いた母はQさんの方を振り返った。

Qさんは本当に静かにカメラを下ろした。

「写真に声は入りません。何ひとつ語らない。映像の意味はあとからそれを見る人が考えるんです。十年経ったら、もう一回この写真を二人で見て下さい」

Qさんは深々と一礼すると、扉に背を向けて歩き出した。やがて、裏の勝手口の戸がしまる音がし、辺りはまるきりシーンとしてしまい、水槽のポンプの音だけがやけに耳に響いた。うしろにある水槽の光が母を照らした。

ふと、裸足の足の上にふさふさした暖い物が絡みつく感触がした。目線を移すとそれはミケだった。ミケは私と母の足の間を行ったり来たりしながら、ぐるんぐるんと体をこすりつけた。そうして、ゴロゴロと喉を鳴らす。母はじっとミケを見つめていたが、いきなりヒョイと猫を両手に抱き背中をなでた。

「帰ろうか」そう言い、草履を渡すのだった。

くるりと背中を向けた母の瞳から大粒の涙がこぼれたのが見えた。

土蔵の外に出ると、ミケはポンと地面に飛び降り、トコトコ先に立って歩いて行く。

見上げると、高い空に月があった。

「月の光では光合成はできないんだね」

母は聞き取れないぐらい小さな声で言った。

二人の影はくっきりと地に結び、その横で百日草の小さな花が揺れていた。混ざり気のない精錬された光しか受けつけないように揺れていた――。


私はその日から三日間部屋に閉じこもった。母と口もきかなかった。母は部屋にやって来なかった。食事は部屋の前に置いてあったが手をつけなかった。部屋のベッドの下に隠して置いてあったパンやわずかな菓子で食いつないだのだった。

三日目の夜、父が部屋に入って来た。私は物憂げに父を見上げた。

「夕方、恩田さんが謝りに来たよ」

体が言葉に急速に反応する。

「なんでQさんが謝るの？」

「自分が教えた知識が、愛《あい》を不幸にした、と言ってた」

「不幸？　そんなこと誰が何の基準で決めるの」

父はじっと目をそらさずに言う。

「病院はどうでもいい。お前の前にレールは敷きたくない。やりたいことをやれ」

私はまっしぐらに父の瞳を見つめた。何にも答えられなかった。父は、ゆっくりと部屋を出て行きかけたが、すっと足を止めた。

「お前はあの人の知識を求めてるのか？　それとも人間そのものを求めているのか？」

心の片隅に寸鉄が突き刺さるようだった。言葉は鋭すぎる刃物だ。そいつが、今まであえて触れずにおいてあった感情を切り裂き、血肉をほとばしらせる。その封印を解かれた感情は激しく私をうろたえさせた。分裂を夢想する細胞が、いつしかひとつになることを夢見始めていたのにハッキリと気づいた瞬間だった。人の目には物がはね返す色しか見えないのだ。その物に吸収されてしまった色は決して見えないのだ。

「愛《あい》。お前は先に行き過ぎる——」

父はそれきり何も言わず、そっとドアを閉めるのだった。


次の日、Q館堂に行ってみると店は閉まっており「臨時休業」の紙が表の雨戸に貼ってあった。ひどい胸騒ぎがして、土蔵の方に廻ると鍵がかかっていなかった。テーブルの上に書き置きが有った。

愛《サラン》へ。東京に行きます。やはり近藤さんの言うように本を出そうと思います。その打ち合わせです。ミケとエビに餌をやっておいて下さい。ウミウシ君は大丈夫です。水曜の夕方には帰ります。それから、植物や農業の勉強は大学で十分できます。そこでやればいい。愛《サラン》はお母さんの言う通り進学校に進んで、もっと多くの知識を吸収し、大学で進みたい道に足を踏み入れても遅くはありません。君はあり余る力を持っています。意地の張り合いは何の得にも進歩にもなりません。もう、ゴチソサンして下さいね。　Qより

手紙の傍には、土蔵の鍵と二枚の写真が置いてあった。あの夜の写真だ。私は手に取って写真を見た。私の顔も母の顔も蒼白だった。その二つの顔が、まばゆいウミウシの水槽をまん中にして、呆けたみたいに見つめ合っている。二人とも魂なんてどこにもないという顔をしている。そのどまん中でマヌケたようウミウシが二匹写っていた。私のバンソウコウ姿も結構マヌケだ。この脳天を突き抜けていったはずのミトコンドリアの叫びなんて微塵も写っていなかった。水槽だけが輝くように青かった。

写真は、同じ物が二枚あった。それが何を意味するのか分かっていた。ポケットにそっと写真を入れた。

私は陽が傾くまで水槽の前でぼうっとしていた。何を考えていた訳でもない。ただ黙って小さな生き物を見つめていた。いたずらに血も流さず、争い合うこともない小さな生き物を――。

日暮れ前、ウミウシの水槽の照明を消し、アサリ貝を冷蔵庫から取り出して伊勢エビの水槽に放り込んだ。それから土蔵の電気のスイッチをオフにして扉を閉め、鍵を掛けた。

ミケのお皿にキャットフードをひと掴み入れ、勝手口に置く。どこに遊びに行ったのかミケは見当たらない。

庭の端っこの三本のヒマワリがはるかに明度の落ちた西の空を見上げて立っている。

夏は、いよいよ盛りに入ろうとしていた。

母と私の心の壁がすぐには消えて無くなることは事実上不可能だったが、それでも次第にほとぼりは冷めていった。しかし、私の言い放った言葉の無数の破片が母を傷つけ、どうしようもないわだかまりを沈殿させてしまったのは確かだった。母は少しずつ少しずつ寡黙になっていった。

私はあの写真を自分の部屋の机の引き出しの奥にしまった。もう一枚は何も言わず、居間のテーブルに置いておいたが、いつの間にか無くなっていた。母が持っていったのかどうかは知らない。

私は敢えて自分から心を開き、母に接するようなふるまいはしなかった。ただ、日常はごく普通に過ごした。私はあまりにも愚直で、そういう態度しかとれないのだ。私と母の距離は縮まりも開きもしなかった。

結局私は進学校を受験することに決めた。あの手紙以来、Qさんがそのことに口をはさんだり説得したりすることは一度もなかった。私が私の意志で決めたのだ。

十月の中旬、久し振りにQさんと外に出かけた。父に言われた言葉が透明なシールドみたいに私にまとわりついて、私の足を鈍らせていたのは確かだった。

その日、二人で笠森神社に行った。Qさんは拍手を打ってお参りしたけれど私はしなかった。

「愛《サラン》は何でお参りしないの」

「だってさ、神様なんかいないしさ」

Qさんはフーンと上の空で答え、

「愛《サラン》は雷のことをどうして稲妻って言うか知ってますか」

そんなこと考えたこともなかった。大した考えもなしに、稲がよく実るから？と答えた。すると彼は驚いたふうに、

「愛《サラン》はやっぱり賢すぎる」

私は照れ、カンで言っただけ、と返した。

「そういう直感が大切なんです。雷によって放電が起きると、空中の窒素が雨の粒に定着します。通常の一・五倍の量に」

「そうなんや」

「窒素は植物にとって大事な栄養素なんです。それを古代の人は知っていました」

Qさんは、あそこをごらんよと言って、神殿の注連縄《しめなわ》を指さした。

「あの縄のところにピラピラする紙が吊してあるでしょ。あの白い紙を紙垂《しで》と言います。見事に稲妻型でしょう」

「ホントだ。どこでもあんな形だよね」

「そう。そういう小さな部分にも神様は宿っています。日本の神社は稲作と深く関っています。雨をもたらす竜神さんもそうです」

「ミトコンドリアにも神様は宿るの？」

Qさんは二、三秒考えてから切り出す。

「いるでしょうね。人が望むと望むまいと」

「私の中の神様は私とは別の人格なんだよ」

Qさんはおかしそうに笑った。この頃ヒゲを剃っているので、前よりいっそう若く見える。

「そのどっちもが愛《サラン》なんだ」

しばらく黙ったあと、思い切って、

「普通の進学校、行くよ」

と言うと、Qさんはこっちを向いて、

「そうですか。それがいいです」

と無邪気に笑うのだった。

「愛《サラン》とお母さんはそっくりです。写真を撮った時に思いました。性格も顔つきもね」

えっと声を上げてしまった。自分ではそんなこと全然感じていなかったからだ。

「受精した時、父親のミトコンドリアは一つ残らず破壊されてしまいます。父親のミトコンドリア遺伝子は子には伝わらず消滅します。母親のミトコンドリア情報だけが子どもに受け継がれるんです」

「じゃあ、お父さんの遺伝子は伝わらないの」

Qさんは声をたてて笑い出した。

「そんなハズないじゃないですか。愛《サラン》は何を勉強してきたの？　ミトコンドリアの遺伝子は伝わりませんが、細胞核のDNAはきちんと受け継がれます。減数分裂ですけど」

私は黙ってしまった。そうか、あの時脳天を突き抜けていった声は、私の叫びであり、同時に母の声でもあったのだ。あの声はQさんが写真を撮ったことで映像の中にすっぽりと吸い取られてしまったのかもしれない。うつ向きながら、そう考えた。

「神社の紙垂《しで》が稲妻型なのは、雷がたくさん鳴ることにより稲が豊作になるようにという願いが込められていると人に教えたのは誰か知ってますか」

彼が話題を変えたので、私はふと顔を上げる。それを見てQさんは言った。

「宮沢賢治です」

私は空を見上げる。夢みる者はどこまでも先に行ってしまうのだ。深い深い空だった。樟は目を瞠《みは》るほど高く、凛々《りり》しかった。力をみなぎらせた枝は空を楽々と支え、退屈そうに私達を見おろしていた。

十月から年明けにかけてQさんは原稿書きに追われ、夜遅くまで机に向かっているらしかった。二月末までには書き上げなければならないと話していた。

私は塾にも行かず、ひたすら自室にこもって勉強をした。Q館堂に行く回数も目に見えて減っていった。それでも勉強に疲れると、日曜日の夕方などに土蔵の研究室に足を運んだ。この頃になるとQさんはいつも眠そうだった。それでも、ひょいと蔵に入ってきては、「勉強どう?」と訊くのだった。「まあまあだよ」と笑うと、そうですか、と彼も笑う。それだけが二人の会話だった。Qさんは少し痩せて見えた。東京に打ち合わせに行く回数も増えた。

ちょうどロサンゼルスの地震が報道されて三日ぐらい経った頃、私はインフルエンザにかかり四十度近い高熱を出した。少々熱っぽいなと思っていたが家族には黙っていた。しかし、あまりにも喉が乾くので台所に降りて行って牛乳を飲もうと冷蔵庫を開けた途端、激しいめまいがしてひっくり返ってしまった。夜中の十一時過ぎだった。物音に気づいた母が私を助け起こし、弟が父を呼びに行った。ふだんこんな熱を出したことがない私は、意識が朦朧とし、体の輪郭があやふやなるような感じがした。

父が大慌てでとんできて、解熱剤を注射した。父の問いにもかろうじて答えられるというありさまだった。たくさん汗をかき、脱水症状も激しかった。いかんな、父が言った。

父は私を診察室のベッドに寝かし、点滴の針を右腕に刺した。ぼうっとした意識の中、父の指示に、ハイッと答えてテキパキと動く母の姿が見える。母はもともと市民病院の看護婦だった。今、私は父と母の患者だった。

——それから私は翌日の昼まで眠り続けた。眠っている間、ずっと夢を見続けていた。雲ひとつないだだっ広い空があった。その下で海は穏やかに陽光を照り返している。青いけれど少し濁った海だった。その海の底近くを私は漂っていた。泳ぐこともなくただ潮の流れに身をまかせてユラユラとさまよっている。私には形がなかった。自分自身の体が見える訳ではなかったがハッキリ分かった。意識があるのかないのか判然としない。まわりには何もない。ただ、水面の光のゆらめきにかすかに反応する泡があるだけだ。どこから来て、どこへ行く泡なのだろう。魚はいないのかなと思ったが、そんな気配は全くない。しばらくそのまま浮遊していると、にわかに上の方が暗くなり、光が遮られた。

——突然、辺り一面閃光が縦横に走り回り、何も目にすることができなくなった。そのあとに轟音がとどろき、水は沸騰して暴れ狂い渦を巻いた。私はかき回されバラバラになる寸前だった。限界を飛びこすと思われた数瞬ののち、再び静寂が蘇った。——光が静かに忍び込んでくる。ハッとした。私の周りには見たこともない生き物達が溢れかえっていたのだ。扁平なゾウリみたいなもの、細い鞭毛をくねらせて泳ぐもの、丸い緑のマリモみたいな形のもの――。ありとあらゆる色と形がそこに充満していた。

鞭毛を持った生き物は、緑色の生物を食べていた。次から次へと食べていた。そのうちの一匹が近づいてくる。慌てて逃げようとしたが、動けなかった。そいつは私を包み込むようにして呑み込んだ。何も見えなくなった。不思議と恐怖は感じなかった。

真っ暗な世界はしばらく続いた。私は死んだのだろうか？そうだとしたらどこへ行くのだろうか。そう考えた時、パッと視界が開けた。

気がつくと、やっぱり青い空があった。そこは神社の前だった。私は透明な風に吹かれて髪を揺らしながら樟の大樹を見上げているのだった――。

熱は次の日の昼前に下がった。母がつきっきりで看病していてくれたらしいが何も覚えていなかった。

いつの間にか私は自分の部屋のベッドに寝かされていた。点滴の針は刺さったままだった。ピッという電子音で目が覚めた。汗だくだった。腋《わき》の下が冷たい。その冷たい物がすっと引き抜かれる。

「三十六度八分」

母の声だった。抜き取られた物は体温計だった。母は看護衣のままイスに座り、

「熱、下がったよ」

と笑った。

「しばらくおとなしくしてなさい。勉強もしなくていいよ。おかゆでも作ってくる。食べるやろ」

小さく頷く。少々面映《おもは》ゆい気がした。

「あんた時々、待合室のテレビ、夜中に見てたやろ。だからインフルエンザうつったんやよ」

ドアの所で振り返って母は言った。バレてたんだ。何だかすごく恥ずかしかった。

母はドアを閉めて出て行った。階段を下りてゆく足音が聞こえる。

ふと見ると、ベッドの脇のテーブルに写真が置かれているのに気がついた。Qさんが撮った写真だ。右手で摑もうとしたらすべって落としてしまった。写真は木の葉のようにヒラヒラと舞って、床の上に裏返しになって落ちた。拾い上げてよく見ると、Qさんの言う通り、私と母は良く似ていた。母の方が美人だと思う。そうして、写真の裏には、ごめんね、と母の字で書かれていたのだった。

十日後、今度は母が十二指腸潰瘍で入院するという事件が起こった。過労とストレスが原因だった。この冬はインフルエンザが流行し、病院も多忙だった。そういう自分もつい先日罹患したクチだ。でも、母のストレスの原因は、その大半が私に起因しているといっていいだろう。初めて自分の言葉と行動が、どれほど人を痛めつけていたのかを目のあたりにして恥じた。

――母の潰瘍は重篤なものではなく、しばらく安静にし、投薬と食事療法を続ければ良くなるということだった。それを聞いて、内心ひどく安堵したのを覚えている。

私が市民病院の三階に駆けつけた時、母は眠っていたが、すぐに目を覚まして、

「愛《あい》、月光でも植物は生きられるの？」

と窓の外を見て訊いた。東の方の街並みは翳りをところどころに含ませながら青い光に包まれ始めていた。胎児のようにまん丸い月が地平を離れて高みに昇っていく。

「生きられないよ。補償点の低い植物でも最低一五〇ルクスいるんだよ、光合成するには。満月は〇・二ルクスだよ」

「補償点？」

「光合成で作りだすエネルギーと呼吸で消費するエネルギーが釣り合う点」

「そう。月は全然力不足なんだね」

母は瞬きをせず月を見つめている。私も同じように月の表面に滲んだ模様をじっと見つめた。

母の手がそっと伸びた。

「愛、いっぱい賢くなってくね」

母は私の髪を撫でた。髪を撫でられながら、私は、高熱を出して倒れていた時に見た、海の夢をぼんやりと思い出していた。


三月の三日に入試があり、十五日に合格通知が届いた。母はもう退院していて、自分のことのようにはしゃいでいた。私も自信はあったにせよ、それがこうやって現実のものとなると、やはり嬉しさを隠すことはできなかった。その日の夜、ささやかなお祝いがあって、母は少しだけワインを飲んでほろ酔いになった。

次の日、私はQさんに合格したことを報告した。

「一歩踏み出しましたね。おめでとう。私も脱稿しました」

「ダッコウ?」

聞き慣れない言葉に首をかしげた。

「原稿を書き上げることです。痔じゃありません。物知りの愛《サラン》にしては珍しいですね」

赤面したけれど、ちょっとムッとしたので、

「やっぱり字を書く仕事じゃないの。ジだよジ。ボラギノールだ」

と言い返した。Qさんは声をたてて笑う。

「うまいこと言いますね。いろいろ手直しされて、すったもんだがありました」

ポカンとしてしまった。宮沢りえのＣＭじゃないか。

「Ｑさん、テレビ見んの？」

「見ますよ」

「へえ。研究ばっかしているヘンクツ王かと思ってた」

「失礼な。横浜心中だって知ってます」

力説ぶりがかえっておかしかった。

「主人公はＱさんみたいなカメラマンだった」

そうぽつりと言ったら彼は目を丸くした。

「愛《サラン》は見てるんですか」

「時々。隠れて病院の待合室のテレビで見てた。それで寒くてインフルエンザになった」

「参りました。困ったもんですね」

「別に困らないよ」

Qさんはフーと長い溜め息っぽい呼吸をし、

「お母さんとうまくやってますか」

と、缶コーラをグラスに注いだ。ピカピカのグラスで新品だった。

「これ、どうしたん？」

「商店街で買いました。汚いと怒られるから」

「フショクだなんて言ってコーラ飲んでるの」

「飲みませんよ。愛《サラン》が来た時用にとってあるんです。その時は飲みます。一緒にね」

「Qさん、バカがつくほど正直だね」

「そんなに正直ではないです。で、お母さんとは？」

ああそうだったと思い出した。

「ベルリンの壁みたいにはいかないよ。でもさ、ミケが出入りできるぐらいの風穴はあいたと思うよ」

「ミケねえ。ゾウは通れませんか」

「もうちょっと先だよ。それは」

ごめんね、の文字が頭の片隅で揺れた。写真がヒラリと宙に舞う。

「そうですか」

Qさんがエコーに火をつけたのを境に、私は退散した。彼は入試の合格なんかより、母と私の仲たがいのことを心配している。Qさんが煙草に火をつけるとたいがいは考えごとが始まる可能性が高い。しかもダンマリが続くのだ。今は、ちょっとそれはゴチソサンの気がした。私はそそくさと立ち上がった。

「じゃあ、また来るよ」

Qさんはこっちを見て、ニッと笑った。そして、指二本ない方の手でバイバイをしたのだった。


四月十一日から新しい学校生活が始まった。いろいろなクラブから勧誘があった。運動部に入る気持ちはからきしなかった。でも何か新しいことがやってみたくて、生物部と写真部にかけもちで入った。

学校は五キロ程離れた所にあったので、毎日自転車で運動がてらに通った。

生物部はたまに活動するだけだったが、写真部は何かと忙しかった。初めて自分のカメラを持った。安物だったけれど、ファインダー越しに切り取られた世界は、現実の三次元の空間とは異質に見えた。次元を一つ落として転写する。そんな感じだ。なるほどQさんはこんなふうに世界を眺めていたんだ。そう思う自分を新鮮に感じた。

友達もできた。気さくに何でも話せる友達だ。私は少しずつ変わっていった。

Qさんはというと、本を出版し、東京に出てゆく回数も増えた。本の題名は『光あれ』で、これは私がつけたのだ。初め『クソダメの日常』という題だったが、それを聞いた時、あまりにも芸が無さすぎると思った。どうせムダだろうとも思ったが一応正直に伝えた。すると彼は、愛《サラン》ならどういう題にしますか、と喰いついてきたので、咄嗟《とっさ》に、光あれ、と答えてしまった。その時、月の光でも植物は生きていけるのかと訊いた母の横顔が確かに脳裏をかすめたのだ。

それを聞いたQさんは、じっと私の瞳を見つめて、いい題です、と一言つぶやき、すぐに出版社に題名を変更するよう電話をかけた。

「売れたら印税の半分は愛《サラン》のもんですねえ」

Qさんは目を細めた。三月の終わりのことだった。

しかし、Qさんは五月過ぎから何か落ち着かなくなった。やたらと煙草ばかり吸い、いつ尋ねて行っても考えごとばかりしていた。

私は、そんなQさんを自分のカメラで撮映した。

「私なんか写してもしょうがないでしょ」

Qさんは文句を言った。

「仕返しだよ」

「仕返し？」

「私《あたし》とお母さんのマヌケ面《ヅラ》撮ったバツ。大丈夫。写真には、言葉も煙草のニオイも写りません」

Qさんは、愛《サラン》にはどこまで行ってもかないません、と笑って溜め息をついた。

私はこの時が一番幸福だったのかもしれない。

Qさんの本は、八千部以上を売り上げ恩田久一の名も、そこそこ知られるようになり、以前の写真集も再版が決まった。

私はQさんを撮り続け、秋の文化祭に出品し、一等をもらった。表題は『日常』だった。

私はQさんを文化祭に招待し、学校中を案内した。彼はしきりに私の写真を誉めた。少しだけ時間をとってもらって、写真部の生徒に対しても講義もしてもらった。

お昼に、模擬店で焼きソバを買って中庭のケヤキの陰で二人で食べた。

「おいしいですけどゴキブリ入ってませんよね？」唐突にQさんが言った。

「ゴキブリ？」

「私達の文化祭の時、生物部の奴がゴキブリをテンプラにしました。実はここ、私の母校です。私も写真部でした」

えっ？と言ったきり言葉が続かなかった。私はQさんと同じ道を知らず知らずのうちに歩いている。Qさんはふと箸を止めた。

「愛《サラン》。今、ルワンダで何が起こっているか知ってますか」

彼はいきなり真面目な表情になった。その瞳の奥には光とも翳とも判別できない何かが宿されている。胸に不安がはすかいによぎる。

「内戦やろ。部族どうしの」

「内戦の名を借りた虐殺です。もう何十万もの人が殺されました」

私は彼の方に向き直った。ケヤキの木が風に鳴り、私の足元に色づいた葉をまとった小枝が落ちた。Qさんはそれを左手でつまみ上げた。葉の根元にタネがついている。

「ケヤキはタネといっしょに落葉します。このタネ、結構ハズレが多いんですよ」

彼は三つ付いているタネを一つずつつぶす。三つのうちの二つは空っぽだった。

「――行こうと思うんです。ルワンダに」

息が詰まったかと錯覚した。

「何のために行くの？」

やっとそれだけ言うのが精一杯だった。

Qさんは小枝をくるくる回した。

「私はハズレの人間かもしれません。でもね、このタネみたいに落ちる所を探してるんです。今までずっと探してた。いつか芽が出て落ちつくかもしれないってね」

「芽は出たよ。本も売れたしさ」

私はQさんから目を離さなかった。

「愛《サラン》が言ってくれるとウソでも嬉しいです。でも私は人の不幸を撮り続けてきました」

「それが何なん。カメラマンなら当然やろ」

言葉に静かな怒気をはらんでいたかもしれない。Qさんは正面を向いたままだ。

「本が売れてよけいそう思いました。他人の不幸を撮り続けてきた人間は最後まで撮り続ける責任があるんです。竹林と同じです」

「訳が分かんないよ。Qさんに責任はないよ」

「どう言ったらいいかな——。依存症なんです。何かに頼っていないと不安なんです。居場所がないんです魂の。中毒ですよね」

「中毒？依存症？何に依存しているの？」

「——闇、ですかね。心の中の。僕は時々自分が無用の人間に思える時がある。無用の人間は無用の道を歩かなくちゃなりません」

「Qさんは無用の人なんかじゃない！」

私は焼きソバのパックの中身がこぼれる勢いでベンチに置いて言った。

「無用の道って何なの」

「落ちる場所を探すために、空中をさまよい続けることです。でも、僕は空っぽのシードかもしれません」

哀しみと怒りと寂しさがミキサーで掻き混ぜられたようにぐちゃぐちゃになり、頭の中で攪拌される。電光に似た鋭い痛みが走った。

「Qさんはバカだ！」

大声で叫んでいた。しかし、Qさんは動じない。ピクリとも動かなかった。

「植物になりたいと夢見ている人間はバカに決まってます」

彼は、ベンチに飛び散った焼きソバを自分の手で拾い集め、パックに戻した。

「愛《サラン》が食べないなら持って帰りますね」

Qさんはケヤキを振りあおいで静かに腰を上げた。そのうしろ姿をただひたすら見つめ、私はかける言葉さえ思い描けず、通り過ぎてゆく真昼の風に吹かれていることしかできなかった。太陽はまるで真昼の星だ。

「捨て猫みたいだね。二人とも。落ち葉に埋もれてくんだね」

「尾崎豊ですか」

Qさんはほんの少し笑ったみたいだった。

「愛《サラン》は捨て猫なんかじゃないです。私だけです、捨て猫は――」

その夜、部屋に閉じ込もって、Qさんの昼間の言葉の一つ一つを反芻していた。開け放した窓から秋の風が忍び込んできて肌寒い。

ハッキリしたことがひとつだけある。私はとうの昔にQさんを愛し始め、そしてそれが当たり前の日常になってしまっていたことだ。自分でも気づいていた。だが感情は頑《かたくな》に封印され、体の最も深い底で無理矢理眠り込まされていたのだ。三十以上歳の離れた人を好きになることなどあり得ないと信じていた。しかし、あり得ないと信じることこそが、あるかもしれないという感情の裏返しではないのか。苦しい。どうしようもなく苦しい。でも私は一体何をどうしようというのか。何ひとつ変えられそうにない。私の方がバカモノなのだ。ひとつになれる夢など見られないことは明確すぎた。このままの日常がいつまでも続く世界なんて誰がどう考えたってあるはずがないのだから。分裂する以外方法はないのだ。

私は何を夢見て生きてきたのだろうか。理性は感情を越えられない。それなら魂は何を越え、摑み取ればいいのだろうか——。

しばらくの間、Q館堂へは足を運ばなかった。クラブ活動や友達とのおしゃべりで気をまぎらわすことも覚えた。

学校で二番だった成績はみるみる下がり三十番まで落ち込んだ。それを知っても母は何も言わず、「まあ、調子の悪い時もあるよ」と、ポンと肩を叩くのだった。

Qさんの店は十二月の初旬から閉まっていた。近所の人の話によると、店をたたむ準備をしているということだ。

ある夕方私はそっと裏口に廻り、秘密の垣根の入り口から忍び込み、土蔵の前に立った。土蔵の扉は開け放されていて、Qさんのうしろ姿がハッキリと見えた。何か荷作りしているらしい。私は彼が振り返る前に、さっと踵を返して立ち去った。

ちらちらと粉雪が降っている。雪は肩先に転げ落ち、軽々と舞った。それが車のライトにしらしらと光っている。

バイクの音が近づいて来る。急ブレーキの音が耳に突きささった。何事かと私は振り向いた。

「愛《あい》やんか。何ショボクくれとんの」

小学校の同級生の宮畑だった。エンコ詰めの話をしたあの宮畑だ。

「男にフラれたか」

奴は、カハハと笑った。ヘルメットを被っていたが、前より精悍な顔つきになっていた。私のミトコンドリアがまた騒ぎ出した。

「乗せて」

まっしぐらに顔を睨みつけて吐き捨てる口調で言う。ヘッ?と言って彼はまじまじと顔を見た。雪は少し小やみになった。

「お前、家そこやん」

「乗せて‼」

宮畑は少したじろぎ、ええよ、乗んな、と私を後席に乗せた。そして、

「どこまでいくん?」

振り向いて彼は訊いた。

「無限遠点。平行な線が交わるトコ」

「ハア?」

「どこでもいいで、行って」

宮畑はエンジンをかけた。すごい爆音だった。いくで、と、彼はバイクを急発進させる。体がガクンとうしろに倒れそうになり、慌てて腰につかまった。宮畑の体は筋肉質で引き締まっている。そのまま街を突っ走って抜けた。山手の灯が小さく遠く見える。

「俺さあ、暴走族みたいやろ」

宮畑は叫んだ。粉雪が目に痛い。

「はあ?」

「暴走族みたいやろ」

「暴走族やん」

私が返すと、でも、違うんやと大声でわめき、一人でちょっと遊んどるだけや、と言った。

「学校は?」「実業高校の夜間部行っとる。昼はオヤジの鉄工所の手伝いしとる」

「お前、賢いし金持ちでええな。親、医者やもんな」

切れぎれにしか聞こえなかったが彼はそんなことを話した。雪はすでにやんでいる。

三十分ぐらい、真っ暗な堤防道路をふっとばした。ヘッドライトが闇を真っ縦にかち割り、桜の木がうしろへうしろへと流れた。

「俺さ、今から授業あるで、お前の家まで送ったる」

河口の水位観測所の前でバイクを止め、宮畑は言った。この人もこの人なりの生活をしてるんだな、と思った。ちょっと見直した。

「家まではいいよ。Q館堂の前で降ろして」

「エンコ詰めのオヤジか。お前も変わっとるな」宮畑はエンジンをかけ、走り出した。

「エンコ詰めじゃない。吹っ飛んだんだ」

全力で叫んだつもりだったが、宮畑には届かなかったらしい。彼は走り続ける。

Q館堂の前で再び急停車し、彼は私を降ろした。ブレーキの音がけたたましい。

「乗りたかったらいつでも言えや。お前も免許とれば?」

私は、そうやな、と笑って答えた。

宮畑は、ほんなら、行くで、とうしろも見ずに走り去って行った。

——私は、覚悟を決め、Q館堂の裏手に廻り、開け放された土蔵に入って行った。

目の前にコノハミドリガイの水槽がある。Qさんは、古新聞や古書を束ねている最中だった。

私には気づかない。彼の顔は蒼かった。

「Qさん」

思い切って声をかけた。ハッとして彼は振り返る。愛《サラン》とQさんはうめくように言った。

「いつ行くの？」

「十二月の十六日です。金曜日です——」

「学校あるから見送り行けないよ。荷作りだって手伝ってやんない」

「当たり前です。それでいいんです。私が自分勝手過ぎるんですから」

私は何にも言わなかった。そうして唐突に体をぶつけるようにして、Qさんにしがみついたのだ。彼はピタリと動きを止めた。

「クソダメなんかに行くな！　愛《サラン》も人間《サラム》もない所へなんか行くな！　大バカクソ野郎！私《あたし》をどうする気だ！」

それが奇異な叫びに聞こえない程場は切迫していた。Qさんは突然険しい顔つきになり、「どうしてもできないんです」

と煩悶を体中で表し私を振りほどこうとした。

「Qさんも常識まみれの俗物でしかないんだ。植物だの動物だのって言っても、ただの偏屈に過ぎないんだ」

狂ったみたいに叫んだ。わけの分からない熱を明瞭に含んだ涙がQさんのセーターを濡らした。

「僕はどうしても植物にはなれなかった。愛《サラン》の言うようにただの俗物です。きっと。でも僕はまだ種《シード》なのかもしれない。だからどこに落ちるかは自分で決めたいんです。年はとっていますけどね」

Qさんは身をよじると、私を力一杯抱きしめた。それは以前のような、大人と子どもの感情のぶつけ合いとは明らかに違っていた。

脳のどまん中にこびりついた思い出だけが目をみはる速さで次々に突き抜けていった。そうして、急速に眠くなった。このまま永久に眠りを貪りたいと心の底から思った。

「Qさんが撮るのは何なの？」

「――人間です」

「死体でも？」

「たとえ死んでいても、それは人間です」

Qさんはふと私を抱く手を緩めた。その瞬間、私はさっと背伸びして彼の唇に触れた。Qさんは、驚きも、瞬きもせず私を見た。

「アタシが怖い？」

彼は首を小さく横に振った。

「僕は、自分が一番怖い」

そう、静かに言ったのだった。

「だから、少しでも明るい希望を愛《サラン》に託したかった。それは君のお母さんと同じ思いです」

言葉自体が哀しい音そのものだった。

「――また、逢える、よね？」

「逢えなくても、愛《サラン》はもう僕のＤＮＡです」

私は、はにかみながら、同時に泣きながらもう一度Qさんにキスした。彼は五分ぐらいの間、私を抱き続けてくれたのだった。

——私が土蔵を出た時、再び雪が降り始めていた。雪はうっすらと庭を白く染めている。

Qさんは入り口に立って空を見上げ、

「夢見るんでしょうか、雪も」

とささやいた。

「見るよ。きっと。溶けるまではさ——」

そう答えながら、私も空を見上げた。雪は暗い空の底から、一片の希望を抱いて、サラサラと地上に降り注ぐのだった。

地面には、くっきりと私の足跡が残っている。

「ゴチソサン」

垣根をくぐる直前、私は声を殺して言葉を投げた。Qさんは左手を挙げ、ヒラヒラさせた。

「ゴチソサン——。サランへ《(사랑해)》」

Qさんも小さな声をハッキリと返した。

雪は、やがて私が夢見た足跡もあとかたもなく消してしまうのだろうか。そう思いながら、私は一人垣根をくぐるのだった。

予定通り十二月十六日にQさんは日本を発った。その日一日、私の日常は上の空だった。どうすることもできなかった。私は当事者であり、傍観者でしかなかったのだから。引き止める術は何ひとつなかった。そして、引き留める塊すら持ち合わせていなかったのだ。

Qさんは旅立つ三日前、土蔵の鍵と手紙と通帳を私に手渡した。通帳には私の名義で三百万入っていたのだ。

「この店も土蔵も全て話はつけてある。このあとどうするかは愛《サラン》の自由だ。でも、できるならいろんな人に知識を広めて欲しいんです。それから勝手ですが、ミケと水槽の中の子どもたちをお願いします。もし、それが嫌なら捨てて下さい」

彼は九十度に体を折り曲げて、たかだか十六の小娘に頭を下げたのだ。

私はもう泣かなかった。

「分かったよ。でもさ、アタシが結婚したら知らないからね。どっかいっちゃうかもよ。そうなったらウミウシ君も本もパーになっちゃうんだよ。分かってんの。久一君」

精一杯の皮肉だった。でも、Qさんは姿勢を崩さず、すっと頭を上げ、ニッと笑い、

「その時は運命《ディスティニィ》ですから」

と、しゃあしゃあと言ってのけた。

「やっぱりバカだ。アホQだよ」

彼の瞳をまっしぐらに見つめて私は言う。

「ハイ。そう思います」

「子どもやね、Qさん」

「愛《サラン》は、明日世界が滅びると分かっていても、今日、林檎の木を植えられます。そうでしょ」

笑ったままQさんは言うのだった——。


Qさんが私の前から居なくなった時から、私の中のミトコンドリアは騒々しく反乱を企てることもなくなってしまった。私は、少し変わってはいるが普通の大人になった。

あれから二十六年の歳月《としつき》が足早に流れ去り、私は四十二になった。人並みに恋もし、就職もした。でも、どうしても結婚する気にはなれなかった。それが今は母の悩みのタネだ。

私はだんだんとあの頃のQさんの年に近づいてゆく。何だかとても不思議な感じがする。年をとるってどういうことなんだろう。最近よく思う。ただ衰えてゆくだけではない。それはハッキリと感じる。

人と人とは所詮平行線なのだ。もし交わることができるとしてもそれは一点にすぎない。その一点が果てしなく遠い無限遠点だとしたら、私とQさんはどこで交わるのだろうか。それとも、交点はすでに去り、私たちの直線は離れて行くばかりなのだろうか。

Qさんが消えてしまってから、通帳は、部屋の机の引き出しの中に、Qさんの写真集といっしょに隠しておいた。彼が帰ってきた時に返そうと思ったからだ。でも、Qさんは帰って来なかった。両親が通帳を見つけたときは大騒動になった。八方手をつくしたが、結局どうしても彼の居場所は分からずじまいだった。

——私は毎日土蔵に行っては、生き物たちの世話をし続けるのだった。

ミケは家《うち》に引き取った。彼は病院のアイドル猫になり、木本クリニックはミケ本クリニックと呼ばれるまでになった。けれど、ミケも、私が大学に入った春、老衰で死んでしまった。伊勢エビたちも全部死んだ。ただ、コノハミドリガイだけは私が大学の研究室に寄付し、今でも何代目か分からないが命をつないでいる。ミトコンドリアも葉緑体も受け継がれたのだ。それはQさんの命でもあった。

結局、私は医者にはならなかった。津の大学の生物資源学部を卒業し、今は大学の研究所で光合成の研究をしている。

私が大学を卒業するまでQ館堂は文字通り休館していたが、卒業を機に、店を街角図書館に改造し、誰でも出入りできるようにした。その折、あの三百万の一部を使った。

病院は弟が継いだ。

毎週土曜の昼に、土蔵の中で、私は近所の子どもたちに生物のことを二時間かけて教えている。もちろん無料で。

私は、家と土蔵と大学の研究室を行ったり来たりしながら毎日を暮らしている。土蔵に泊まる時もたまにある。――でも、もうQさんの煙草の匂いもしない。彼の面影もほとんど感じなくなった。生きているのか死んでいるのかさえ分からない人の輪郭は次第に朧《おぼろ》になってゆくものだ。それは仕方のないことなんだろう――。

今ではQ館堂のカウンターには母が座っている。時々、宮畑の子どもが本を借りに来ることもある。奴に似ず落ちついた女の子だ。少し笑える。宮畑ももう立派にオヤジだ。でもいまだにカワサキのZ400を引っ張り出してはブッ飛ばしている。

母は病院の仕事を引退して、Q館堂の貸し出しの仕事を手伝っている。Q館堂は、市の名物図書館として援助を受け、店も少し大きくなり、本の数も二倍に増え、中庭はくつろぎのお花畑になっている。

母はいつもニコニコ笑っているまあるいおばあさんになった…。

――けれども、これで良かったのかと思う時がある。私には分からない。何が正しくて何が正しくないのか。何がまともで、何がまともでないのか。

今、私は神社の前に立ち、暮れてゆく空を見上げている。化石みたいな乾いたさみしさは一体何物なんだろう。あれほど母にレールを敷かれることを拒んだ私が、今、Qさんの敷いたレールの上を迷いもせずに走り続けている。

ゴチソサン、サラン《愛してる》へ――彼は確かにそう私に言った。戯れなのか、心の底からの言葉なのか確かめる術さえない。

Qさんがいなくなった年に、大江健三郎がノーベル文学賞を獲った。文学に疎い私も、少しだけ彼の作品を読んだ。そしてその中にQさんの朧な輪郭を見たような気がした。

Qさんは、誰しもが異質で特殊な存在であることをまるきり受け入れ、肯定していた。そのかわり、今、生きている世界の中で自己完結してしまうことを拒否していたのだ。種《シード》はずっと種《シード》のままなのだ。途上であることを夢見続けなければならなかったのだ。

Qさんの写真は、土蔵の中の木箱に仕舞い込んである。今はあまり見ることもない。

ただ、あの球形の夕焼けを映したストロマトライトだけは、いつも肌身離さず持っている。

たったひとつの私のお守りとして――。

六月になると、少しだけ疼痛が胸に宿る。化石となった思い出が、セピアの空から静かに歌いかけてくる。その一瞬だけ、私は夢を見る。そこにある遠い夢を。

樟《くすのき》だけが変わらない。ずっと変わらずに立っている。私は黙って見上げるだけだ。

——夢見るんでしょうか、雪も——言葉だけが化石の殻の中を吹き過ぎてゆく。

——誰かがそっと肩に手を触れた気がした。

振り返ると、遠くで煩雑な街並みの灯が増しているのが見えた。かすかに歩行者用の信号の音が耳にとどく。

私の髪は、六月の夕暮れの風に吹かれたままだ——。

初出一覧

「雲を摑む」（中部ペンクラブ文学賞）『中部ペン』二七号、二〇二〇年八月

「標識」『文宴』一二三号、二〇一五年五月

「ミトコンドリア」『文宴』一三四号、二〇二〇年一一年

[著者略歴]
藤原伸久（ふじわら・のぶひさ）
伊勢市在住。小説家、釣師、ついでに教師。
三重県文学新人賞、同奨励賞受賞。令和元年度中部ペンクラブ賞受賞。「文宴」同人。地元劇団にも所属し、各方面で活動中。

カバー画◎藤原安希

雲を摑む

2021年6月11日　第1刷発行　（定価はカバーに表示してあります）

著　者　藤原　伸久

発行者　山口　章

発行所　名古屋市中区大須1-16-29
振替 00880-5-5616 電話 052-218-7808　風媒社
http://www.fubaisha.com/

＊印刷・製本／モリモト印刷　乱丁本・落丁本はお取り替えいたします。

ISBN978-4-8331-5385-0